शापित विला

लेखक: आकाश कुमार चौधरी

कॉपीराइट -

First Edition: 2025

किसी भी प्रकार की पूछताछ या प्रतिक्रिया के लिए संपर्क करें

Email: akashchaudhary61547@gmail.com

Instagram: drx_akash_kumar_chaudhary87

समर्पण

इस पुस्तक "**शापित विला**" को मैं उन सभी जिज्ञासु मनुष्यों को समर्पित करता हूँ, जिनकी कल्पनाएँ असीमित हैं और जिनका मन रहस्यों को खोजने के लिए हमेशा उत्सुक रहता है। यह उन लोगों के लिए है जो अंधेरे गलियों में भी रोमांच खोज लेते हैं, जो सुनसान हवेलियों की कहानियों में छुपे भय को महसूस कर सकते हैं, और जो परछाइयों की फुसफुसाहटों में अनकही सच्चाइयाँ सुनने की हिम्मत रखते हैं।

यह पुस्तक उन पाठकों को भी समर्पित है जो भय को केवल एक भावना नहीं, बल्कि एक अनुभव मानते हैं। जिन्होंने कभी किसी खंडहर में कदम रखते ही अजीब-सा सिहरन महसूस की हो, जो किसी वीरान रास्ते पर चलते हुए अनजानी निगाहों की उपस्थिति को भाँप चुके हों, या फिर जिनके मन में हमेशा यह सवाल गूंजता रहा हो—"क्या जो दिखाई देता है, वही सच है, या फिर कुछ और भी छुपा है?"

मैं इस पुस्तक को उन लेखकों, फिल्मकारों, और कलाकारों को भी समर्पित करता हूँ, जिन्होंने डर की इस विधा को हमेशा जीवंत बनाए रखा है। **एडगर एलन पो, एच.पी. लवक्राफ्ट, स्टीफन किंग** जैसे महान लेखकों से लेकर उन अनगिनत लोककथाओं तक, जिन्होंने सदियों से भूत-प्रेत की कहानियों को हमारी संस्कृति का हिस्सा बनाए रखा है।

और अंत में, मैं इसे अपने उन प्रियजनों को समर्पित करता हूँ जिन्होंने इस कहानी को आकार देने में प्रत्यक्ष या अप्रत्यक्ष रूप से मेरी सहायता की। उनकी प्रेरणा, समर्थन, और अनकहे शब्दों ने मुझे यह कहानी लिखने के लिए प्रेरित किया।

यह पुस्तक केवल एक डरावनी कथा नहीं, बल्कि उन सभी अदृश्य कहानियों की आवाज़ है जो समय के साथ धुंधली पड़ चुकी हैं—लेकिन जो अब भी कहीं न कहीं, किसी न किसी रूप में जीवित हैं...

"कुछ डर कहानियों में होते हैं, और कुछ... हमारे आसपास।"

प्रस्तावना

"डर केवल एक भावना नहीं है, यह एक अनुभव है। यह हमें परखता है, हमें हमारी सीमाओं तक ले जाता है और कभी-कभी, हमें उन सच्चाइयों से अवगत कराता है जिन्हें हम स्वीकारने से डरते हैं।"

"*शापित विला*" केवल एक डरावनी कहानी नहीं है, बल्कि यह एक ऐसी यात्रा है जो आपको भूतिया गलियों, रहस्यमयी हवेलियों और अनदेखी शक्तियों के संसार में ले जाएगी। यह एक ऐसी कहानी है जो आपको न केवल डराएगी, बल्कि आपके अंदर छिपे उस जिज्ञासु मन को भी जागृत करेगी, जो हमेशा अनसुलझे रहस्यों को जानने के लिए उत्सुक रहता है।

जब मैंने इस कहानी को लिखना शुरू किया, तब यह सिर्फ कुछ विचारों और कल्पनाओं का मिश्रण था। लेकिन जैसे-जैसे मैं आगे बढ़ता गया, यह एक ऐसी कृति बन गई जो भय, रोमांच, रहस्य और मानवीय भावनाओं का गहरा मिश्रण बनकर उभरी। इस पुस्तक को लिखते समय, मैंने न केवल भूतिया घटनाओं को दर्शाने की कोशिश की है, बल्कि यह भी दिखाने का प्रयास किया है कि डर केवल हमारे आसपास नहीं होता, बल्कि हमारे भीतर भी छिपा होता है।

इस कहानी का हर किरदार, हर मोड़ और हर रहस्य आपको अपने भीतर खींच लेगा। कभी-कभी यह आपको बेचैन करेगा, कभी आपकी जिज्ञासा को बढ़ाएगा और कभी आपको उन अनसुलझे सवालों के जवाब खोजने पर मजबूर कर देगा, जो शायद वर्षों से अंधेरे में पड़े थे।

यह पुस्तक उन पाठकों के लिए है जो रोमांच और रहस्य में रुचि रखते हैं। उन लोगों के लिए जो सिर्फ डरावनी कहानियों को पढ़ना नहीं, बल्कि उन्हें महसूस करना चाहते हैं।

"तो क्या आप तैयार हैं इस यात्रा के लिए?"

– आकाश कुमार चौधरी
(लेखक)

भूमिका – *शापित विला*

अंधेरे में छिपे रहस्य हमेशा हमारी जिज्ञासा को बढ़ाते हैं। कुछ कहानियाँ केवल कहानियाँ नहीं होतीं, बल्कि वे सच और कल्पना के बीच की धुंधली रेखा को मिटा देती हैं। **शापित विला** एक ऐसी ही कहानी है—एक *रहस्यमयी हवेली*, एक अज्ञात श्राप और उन लोगों की, जिन्होंने इसकी भयावहता को करीब से महसूस किया।

आकाश, शन्वी, विजय, नेहा, रोहित और आर्यन—छह दोस्त, जो केवल एक रोमांचक यात्रा पर निकले थे, लेकिन वे नहीं जानते थे कि उनकी जिज्ञासा उन्हें मौत के कितने करीब ले जाएगी। एक पुरानी हवेली, जिसका अतीत खून और दर्द से भरा था, उनकी मंज़िल बनी। पर यह सिर्फ एक पुरानी इमारत नहीं थी—यह एक श्रापित स्थान था, जो अपनी गुप्त कहानियों के साथ ज़िंदा था।

इस हवेली में कदम रखते ही, एक अनदेखी शक्ति ने उन्हें अपनी गिरफ़्त में लेना शुरू कर दिया। समय के साथ, उनके सामने ऐसे रहस्य खुलने लगे, जो न केवल उनके साहस की परीक्षा थे, बल्कि उनके अस्तित्व के लिए भी खतरा थे। हवेली की दीवारों में दबे चीखों के निशान, हर कोने में मौजूद अदृश्य निगाहें और वह साया, जो उनकी हर सांस पर पहरा दे रहा था—यह सब केवल डराने के लिए नहीं था, बल्कि कुछ ऐसा था जो उन्हें कभी यहाँ से जाने नहीं देना चाहता था।

क्या यह केवल एक पुरानी दंतकथा थी, या सच में कोई श्राप इस हवेली को जकड़े हुए था? क्या वे इस जगह से ज़िंदा बाहर निकल पाएँगे, या फिर वे भी इस हवेली का एक हिस्सा बन जाएँगे, जैसे उन अनगिनत आत्माओं की कहानियाँ, जो दीवारों के भीतर क़ैद थीं?

"**शापित विला**" सिर्फ एक डरावनी कहानी नहीं, बल्कि उन भयावह सच्चाइयों का दस्तावेज़ है, जिन्हें जानने की हिम्मत हर किसी में नहीं होती। अब यह आपके हाथ में है—क्या आप इस हवेली में दाखिल होने का साहस रखते हैं?

इस कहानी को पढ़ने के बाद, आपके मन में एक सवाल ज़रूर उठेगा—क्या वाकई ऐसी श्रापित जगहें होती हैं? क्या भूत-प्रेत और अज्ञात शक्तियाँ केवल कल्पना हैं, या फिर वे हमारे आस-पास मौजूद हैं, लेकिन हम उन्हें देख नहीं पाते?

हमें इन सवालों के जवाब शायद कभी न मिलें, लेकिन एक बात निश्चित है—डर केवल बाहरी चीज़ों से नहीं आता, बल्कि वह हमारे ही भीतर रहता है। कुछ डर हमें सुरक्षित रखते हैं, तो कुछ हमें कमजोर बनाते हैं।

"शापित विला" एक साधारण डरावनी कहानी नहीं है, बल्कि यह उन अनसुलझे रहस्यों का प्रतीक है, जो समय के साथ कहीं खो जाते हैं, लेकिन पूरी तरह मिटते नहीं। क्या होगा अगर कोई और इस हवेली में कदम रखे? क्या होगा अगर यह कहानी कभी खत्म ही न हो?

शायद, अगला शिकार कोई और होगा... या फिर आप?

अनुक्रमणिका

अध्याय 1: जंगल की ओर पहला कदम

रात धीरे-धीरे गहरी होती जा रही थी। गाँव के किनारे लगे पुराने घंटाघर की घड़ी छह बार बज चुकी थी। आसमान में काले बादल छाए थे, और हल्की-हल्की ठंडी हवा चल रही थी। दूर कहीं उल्लू की आवाज़ गूँज रही थी, और पेड़ों की शाखाएँ अजीब तरह से हिल रही थीं, जैसे कोई फुसफुसा रहा हो।

गाँव से थोड़ा हटकर, कच्ची सड़क के किनारे, आकाश, शानवी और उनके चार दोस्त एक पुराने बेंच पर बैठे थे। उनके चेहरे पर एक अनोखी उत्तेजना थी—डर और रोमांच का मिला-जुला भाव।

"**तो, क्या सब तैयार हैं?**" आकाश ने उत्साहित स्वर में पूछा।

"हाँ! लेकिन मुझे अब भी लगता है कि हमें वहाँ नहीं जाना चाहिए," शानवी ने धीमे स्वर में कहा।

"अरे यार, तुम हमेशा डरती हो!" एक दोस्त, रोहित, ने हँसते हुए कहा।

शानवी ने उसे घूरा। "ये मजाक नहीं है, रोहित। लोगों ने उस हवेली के बारे में बहुत सारी अजीब बातें बताई हैं।"

"अरे, वे सब बस अफवाहें हैं!" आकाश हँसते हुए कहा। "अगर कुछ डरावना हुआ भी, तो हम वहाँ से भाग आएँगे।"

सबने सहमति में सिर हिलाया। आकाश की बातों में एक अलग आत्मविश्वास था, जो सबको आगे बढ़ने की हिम्मत दे रहा था।

वे छहों धीरे-धीरे गाँव से बाहर, उस पुराने रास्ते पर चलने लगे जो सीधे जंगल की ओर जाता था।

रास्ते के दोनों तरफ घने पेड़ लगे थे, जो इतने ऊँचे थे कि उनकी टहनियाँ आसमान को छू रही थीं। सूरज डूब चुका था, और अब चारों ओर सिर्फ अंधेरा और रहस्यमयी सन्नाटा था।

जैसे-जैसे वे आगे बढ़ते गए, हवा ठंडी होती गई।

शन्वी ने एक झुरझुरी ली और अपनी जैकेट को थोड़ा और कसकर पकड़ लिया। "अजीब लग रहा है, जैसे कोई हमें देख रहा हो," उसने कहा।

"बस तुम्हारा वहम है," रोहित ने कहा, लेकिन उसके स्वर में खुद भी हल्का डर था।

कुछ ही दूर चलने के बाद, शानवी अचानक रुक गई।

"**क्या हुआ?**" आकाश ने पूछा।

शानवी ने धीरे से कहा, "मुझे लगा कि कोई हमारे पीछे चल रहा है।"

सभी चुप हो गए। वे पीछे मुड़े, लेकिन वहाँ कोई नहीं था—सिर्फ गहरी काली रात और हिलते हुए पेड़।

तभी, एक सूखा पत्ता बिना किसी हवा के अचानक उनके सामने आकर गिरा।

सभी ने एक-दूसरे की ओर देखा।

"बस एक पत्ता था," रोहित ने जबरन हँसते हुए कहा, लेकिन उसकी आवाज़ हल्की काँप रही थी।

वे फिर आगे बढ़ने लगे, लेकिन अब सब सतर्क हो गए थे।

करीब पंद्रह मिनट की पैदल यात्रा के बाद, उन्होंने दूर से एक ऊँची, काली आकृति देखी—शापित विला।

वह हवेली इतनी विशाल थी कि अंधेरे में भी उसकी परछाई साफ दिख रही थी।

विला के चारों ओर ऊँची दीवारें थीं, जिन पर जंग लगे कंटीले तार लिपटे थे।

मुख्य दरवाज़ा भारी लोहे का बना था, और उस पर काई जमी थी।

दीवारों पर जगह-जगह पुरानी दरारें और काले धब्बे थे, जैसे कोई उन्हें छूकर चला गया हो।

छत की ओर देखने पर लगा जैसे कोई आकृति खड़ी होकर उन्हें घूर रही हो, लेकिन जब सबने गौर से देखा, तो वहाँ कुछ नहीं था।

"अब भी चलना है?" शानवी ने धीमे स्वर में पूछा।

आकाश ने गहरी साँस ली और हिम्मत दिखाते हुए कहा, "अब जब यहाँ तक आ ही गए हैं, तो अंदर भी चलना चाहिए!"

सबने सहमति में सिर हिलाया।

अकाश ने अपने दोनों हाथों से गेट को जोर से धक्का दिया।

"कड़-कड़-कड़...."

गेट धीरे-धीरे खुलने लगा, लेकिन जिस पल वह पूरा खुला—

एक ठंडी हवा का झोंका आया और उनके कानों में किसी के फुसफुसाने की आवाज़ गूँज उठी:

"...मत आओ...मत आओ..."

सभी ने एक-दूसरे को देखा। उनकी रीढ़ में एक सिहरन दौड़ गई थी।

लेकिन अब पीछे हटने का कोई मतलब नहीं था।

वे पहला कदम अंदर रखने ही वाले थे...

अध्याय 2: हवेली के भीतर पहला कदम

"मत आओ... मत आओ..."

वह आवाज़ अब भी उनके कानों में गूँज रही थी। यह हवा का बहाव था, या सच में कोई अनदेखी शक्ति उन्हें चेतावनी दे रही थी—कोई नहीं जानता था। लेकिन अब वापस लौटने का कोई विकल्प नहीं

आकाश ने सबसे आगे बढ़कर हवेली के विशाल दरवाजे पर हाथ रखा।

"यह जंग खाया हुआ है, शायद खुलने में दिक्कत होगी," उसने कहा।

रोहित और विजय ने भी मदद की, और जब उन्होंने दरवाज़े को धक्का दिया—

"कड़-कड़-कड़-कड़..."

दरवाज़ा चरमराते हुए धीरे-धीरे खुलने लगा।

और तभी...

एक तेज़ ठंडी हवा का झोंका आया, जैसे किसी ने अंदर से गुस्से में दरवाज़ा खोला हो। हवा इतनी ठंडी थी कि सबको अपने शरीर में कंपन महसूस हुआ।

अंदर घुप्प अंधेरा था, और एक अजीब सड़ी-गली बदबू हवा में तैर रही थी—मानो सड़े हुए मांस और पुराने खून की मिली-जुली गंध हो।

आकाश, शानवी, रोहित, विजय, नेहा और आर्यन—सबने एक-एक करके अंदर कदम रखा।

जैसे ही वे अंदर आए, अचानक—

"धड़ाम!"

दरवाज़ा अपने आप तेज़ आवाज़ के साथ बंद हो गया!

शानवी चीख पड़ी, "यह... यह खुद कैसे बंद हो गया?"

आर्यन ने मोबाइल की टॉर्च जलाई। रोशनी में सामने की दीवारें दिखीं—काली, फटी हुई, और खून जैसे लाल धब्बों से सनी हुई।

"क्या यह सच में खून है?" नेहा ने घबराकर कहा।

आकाश ने दीवार की तरफ हाथ बढ़ाया और उसकी ऊँगली से लाल रंग को छुआ।

"यह चिपचिपा है... और गीला भी," उसने कहा, और अचानक उसकी ऊँगली पर जलन होने लगी।

"आह!" उसने झट से हाथ पीछे खींचा। उसकी ऊँगली काले रंग में बदल रही थी—जैसे वह जलने लगी हो।

"*यह क्या हो रहा है*?" रोहित घबराकर बोला।

लेकिन इससे पहले कि कोई कुछ समझ पाता—

छत से पुराने जाले लटक रहे थे, और हवा में अजीब सी सीलन की बदबू थी।

तभी...

"टप... टप... टप..."

सबने ऊपर देखा।

छत से पानी टपकने की आवाज़ आ रही थी।

लेकिन जब आर्यन ने टॉर्च ऊपर की, तो उनकी साँसें अटक गईं।

छत से पानी नहीं, बल्कि गाढ़ा लाल तरल टपक रहा था—जैसे ताज़ा खून हो!

शानवी ने काँपते हुए कहा, "हमें यहाँ से चले जाना चाहिए!"

लेकिन अब बहुत देर हो चुकी थी...

क्योंकि हवेली की दीवारों पर परछाइयाँ बनने लगी थीं—बिना किसी रोशनी के।

और तभी, एक दरवाजे के पीछे से...

कुछ हिला।

अध्याय 3: अतीत के भूत

हवेली के अंदर घना अंधेरा था, लेकिन उससे भी ज्यादा भारी था उसका सन्नाटा। हवा तक रुक गई थी, जैसे यह जगह किसी अनदेखी ताकत के अधीन हो। आकाश, शानवी, रोहित, विजय, नेहा और आर्यन, सबके चेहरे पर डर की लकीरें साफ़ दिख रही थीं।

दरवाजे के पीछे से आती अजीब आवाज़ें

दरवाज़े के पीछे से एक धीमी-सी खरोंचने की आवाज़ आ रही थी—"कृ-च-क... कृ-च-क..."।

"कोई अंदर है!" नेहा ने घबराई हुई आवाज़ में कहा।

"लेकिन यह संभव कैसे हो सकता है?" रोहित ने काँपते हुए कहा। "यह हवेली तो सालों से बंद पड़ी है।"

अचानक, दरवाज़े के नीचे से कुछ तरल बहने लगा।

आकाश ने झुककर टॉर्च की रोशनी डाली और देखते ही उसकी साँसें अटक गईं।

"खून..."

गाढ़ा लाल तरल धीरे-धीरे दरवाजे के नीचे से बाहर आ रहा था। उसकी सतह पर कुछ सफेद टुकड़े तैर रहे थे—मानो किसी का मांस घुल रहा हो।

शानवी ने डर से अपनी आँखें बंद कर लीं।

"अब यहाँ रुकना ठीक नहीं, हमें बाहर निकलना चाहिए!" आर्यन ने घबराकर कहा।

लेकिन आकाश ने दरवाज़े की ओर बढ़ते हुए कहा, "हमें यह देखना ही होगा कि अंदर क्या है।"

उसने धीरे से दरवाज़े का हैंडल घुमाया—

"कड़-कड़-कड़..."

दरवाज़ा धीरे-धीरे खुला।

कमरे के अंदर का नज़ारा बेहद खौफनाक था।

एक पुराना टूटा-फूटा पलंग कोने में पड़ा था, जिस पर फटे हुए चादर के टुकड़े लटके हुए थे। दीवारों पर गहरे खरोंचों के निशान थे, जैसे किसी ने उन्हें नाखूनों से नोच दिया हो। कमरे के फर्श पर जगह-जगह खून के धब्बे फैले थे।

शानवी ने काँपती हुई आवाज़ में कहा, "यहाँ किसी को मारा गया था?"

लेकिन इससे पहले कि कोई कुछ जवाब देता—

"फड़फड़... फड़फड़..."

कमरे के एक कोने में पड़ा पुराना झूला हिलने लगा।

सबकी आँखें उस ओर टिक गईं।

टॉर्च की रोशनी झूले पर पड़ी, और उन्होंने जो देखा, उससे उनके पैरों तले ज़मीन खिसक गई।

झूले पर कोई बैठा था।

एक पतली, झुकी हुई आकृति, जो धीरे-धीरे आगे-पीछे हिल रही थी।

उसके लंबे, काले उलझे हुए बाल चेहरे पर झूल रहे थे, जिससे उसकी आँखें दिखाई नहीं दे रही थीं। उसके कपड़े इतने पुराने और जले हुए थे कि उनकी असली पहचान भी मुश्किल थी।

"यह कौन है?" शानवी ने फुसफुसाते हुए कहा।

आकाश ने हिम्मत जुटाकर पूछा, "कौन हो तुम?"

तभी, वह आकृति धीरे-धीरे सिर उठाने लगी।

"ग-ग-ग-ग-ग-ग..."

एक भयंकर, गूँज़ती हुई गरजती आवाज़ निकली।

झूला एक ज़ोरदार झटके से ऊपर उठा और पूरे कमरे में तेज़ हवा का बवंडर उठ गया।

और फिर...

उस आकृति ने अपना चेहरा ऊपर किया—

उसकी आँखें नहीं थीं!

दो गहरे, काले गड्ढे उसकी आँखों की जगह थे, और उसके खुले मुँह से काला गाढ़ा धुआँ निकल रहा था।

नेहा ने इतनी जोर से चीख मारी कि हवेली की दीवारें भी गूँज उठीं।

आर्यन ने सबसे पहले बाहर भागने की कोशिश की, लेकिन जैसे ही वह दरवाज़े की ओर बढ़ा—

"**धड़ाम**!"

दरवाज़ा अपने आप तेज़ आवाज़ के साथ बंद हो गया।

"दरवाज़ा खोलो!" विजय ने ज़ोर से पुकारा और पूरी ताकत से दरवाजे को धक्का दिया, लेकिन वह हिल तक नहीं रहा था।

अंदर की हवा अब भारी और गहरी हो गई थी। कमरे के कोनों से धीमी-धीमी सरसराहट की आवाज़ें आ रही थीं।

"हम यहाँ फँस चुके हैं!" रोहित हाँफते हुए बोला।

आकाश ने ज़मीन से एक लकड़ी उठाई और झूले पर बैठी आकृति की तरफ बढ़ा।

लेकिन जैसे ही उसने लकड़ी उठाई, आकृति ने अपने हाथ ऊपर उठाए।

और...

कमरे में रखी हर चीज़ हवा में उड़ने लगी!

कुर्सियाँ अपने आप हिलने लगीं, पलंग ज़ोर-ज़ोर से कांपने लगा, और हवा में किसी के फुसफुसाने की आवाज़ें गूँजने लगीं।

"भागो!" आकाश ने चिल्लाया।

लेकिन अब बहुत देर हो चुकी थी।

हवेली की दीवारों पर अचानक कई साए उभर आए। वे इंसानी आकृतियों के थे—लेकिन उनकी आँखे नहीं थीं।

उनके शरीर आधे जले हुए थे, और उनके हाथों में लोहे की मोटी जंजीरें थीं।

और तब—

आकृति हवा में ऊपर उठी और...

सब कुछ अंधेरे में डूब गया।

अध्याय 4: मृत आत्माओं का खेल

कमरे में अब घना अंधेरा था। एकदम स्याह, जिसमें कुछ भी नजर नहीं आ रहा था। हवेली की दीवारें ठंडी हो चुकी थीं, और हवा में एक अजीब-सी नमी और सीलन थी, मानो सदियों से यहाँ सूरज की रोशनी नहीं पड़ी हो।

आकाश, शानवी, रोहित, विजय, नेहा और आर्यन अब उस कमरे में पूरी तरह फँस चुके थे।

दरवाज़ा अपने आप बंद हो चुका था, और झूले पर बैठी आकृति हवा में ऊपर उठ चुकी थी।

लेकिन अब वह गायब हो चुकी थी।

"आकाश, कुछ दिख नहीं रहा!" शानवी की काँपती आवाज़ आई।

"सभी एक-दूसरे का हाथ पकड़ लो!" आकाश ने जल्दी से कहा।

हर कोई घबराकर एक-दूसरे का हाथ पकड़ने लगा। लेकिन तभी...

"विजय, यह तुम्हारा हाथ है?" नेहा ने डरते हुए पूछा।

"हाँ, मेरा ही—"

"लेकिन मेरा हाथ तो रोहित के हाथ में है..." विजय की आवाज़ अचानक धीमी पड़ गई।

कमरे में छह लोग थे।

लेकिन...

अब वहाँ सातवाँ हाथ भी था।

नेहा की आँखों में डर समा गया।

उसका हाथ जिसको पकड़ रहा था, वह ठंडा था... बर्फ से भी ठंडा!

"यह... यह किसी इंसान का हाथ नहीं हो सकता!" उसने काँपते हुए कहा और झटके से हाथ छोड़ दिया।

और तभी—

उसके पीछे से एक भारी साँस लेने की आवाज़ आई।

"हहहहह..."

कोई ठीक उसके पीछे खड़ा था।

नेहा ने धीरे-धीरे पीछे मुड़कर देखा।

और जो उसने देखा...

उसकी रूह तक काँप गई।

एक और चेहरा – परछाई की आँखें

सामने एक अंधेरी आकृति खड़ी थी।

उसकी आँखें नहीं थीं, लेकिन उसके चेहरे से अजीब-सा काला धुआँ निकल रहा था।

और सबसे भयानक बात—

उसका मुँह धीरे-धीरे खुल रहा था... जितना ज्यादा खुल रहा था, उतना ही बड़ा होता जा रहा था... एकदम असंभव रूप से बड़ा!

"ब...ब...बचाओ!" नेहा ने चीखने की कोशिश की, लेकिन उसकी आवाज़ गले में ही अटक गई।

तभी अचानक—

कमरा ज़ोर-ज़ोर से हिलने लगा।

"धड़धड़धड़धड़!"

हवेली की दीवारों से भूतिया चीखें निकलने लगीं।

कोई रो रहा था।

कोई बड़बड़ा रहा था।

और कोई ज़ोर-ज़ोर से हँस रहा था—एक ऐसी हँसी, जो इंसानों की नहीं लग रही थी।

कमरे की दीवारों पर अब खून से लिखे शब्द चमकने लगे।

"हम बदला लेंगे..."

"यह सब क्या है?" आर्यन ने घबराकर कहा।

आकाश ने दीवारों को ध्यान से देखा।

लिखावट टूटी-फूटी थी, लेकिन उसने कुछ शब्द पढ़ने की कोशिश की—

"मुक्त करो... उन्हें मुक्त करो... वरना तुम भी..."

"वरना हम भी क्या?" शानवी ने घबराकर कहा।

लेकिन इससे पहले कि कोई जवाब मिलता—

कमरे के बीचों-बीच ज़मीन हिलने लगी।

और वहाँ से...

एक कंकाल बाहर निकला!

"यह... यह क्या हो रहा है?" विजय ने घबराकर पीछे हटते हुए कहा।

कंकाल धीरे-धीरे हिल रहा था, मानो किसी अदृश्य ताकत ने उसे जीवित कर दिया हो।

तभी एक औरत की दर्दनाक चीख गूँज उठी—

"मुझे मुक्त करो... वरना कोई भी यहाँ से ज़िंदा नहीं जाएगा!"

अब कमरे में ठंडी हवा चलने लगी।

"हमें यहाँ से निकलना होगा!" रोहित चिल्लाया।

लेकिन तभी—

दरवाज़े के सामने एक सफेद साया प्रकट हुआ।

उसकी आँखें जल रही थीं, और उसके हाथों में लोहे की ज़ंजीरें थीं।

"**अब कोई यहाँ से नहीं जाएगा...**"

और तभी...

दरवाजा अपने आप गायब हो गया।

अध्याय 5: हवेली का श्राप

दरवाजा गायब हो चुका था।

अब आकाश, शानवी, विजय, नेहा, रोहित और आर्यन के पास बाहर निकलने का कोई रास्ता नहीं था।

कमरा ठंडा हो चुका था, और दीवारों से एक अजीब-सी नमी टपक रही थी, मानो किसी ने उन्हें खून से भिगो दिया हो।

"यह सब क्या हो रहा है?" नेहा की आवाज़ काँप रही थी।

"हम इस श्रापित जगह में क्यों आए?" विजय गुस्से और डर के मिश्रण में चिल्लाया।

"चुप रहो!" आकाश ने फुसफुसाते हुए कहा। "कुछ महसूस कर रहे हो?"

सबने चारों ओर देखा।

कमरे में अब भी हल्का धुंआ था, और किसी अनदेखी शक्ति की मौजूदगी महसूस हो रही थी।

"यह हवेली हमें निगलना चाहती है..." शानवी ने धीरे से कहा।

अचानक...

कमरे के कोनों से काली परछाइयाँ निकलने लगीं।

ये परछाइयाँ हवा में तैर रही थीं, लेकिन उनका कोई निश्चित आकार नहीं था।

"हमें छोड़ दो..."

एक धीमी फुसफुसाहट हवा में गूँजी।

"तुम कौन हो?" रोहित ने हिम्मत जुटाकर पूछा।

जवाब में...

एक परछाई ने धीरे-धीरे अपना चेहरा बनाया—

लेकिन वह कोई साधारण चेहरा नहीं था।

वह सड़ी-गली खाल, गड्ढों जैसी आँखों और कटी-फटी मुस्कान वाला चेहरा था।

और जब उसने मुँह खोला—

कोई आवाज़ नहीं निकली।

बल्कि पूरा कमरा अजीबोगरीब कंपन से भर गया।

"यह जगह हमें ज़िंदा नहीं छोड़ेगी!" विजय घबराकर बोला।

कमरे की दीवारों पर अचानक एक छवि उभरने लगी—

यह किसी पुराने जमाने की तस्वीर थी।

उसमें एक बड़ा परिवार था—महाराजाओं की तरह कपड़े पहने लोग, जिनकी आँखों में अजीब-सा डर था।

तभी अचानक तस्वीर में हलचल हुई।

"क्या यह तस्वीर हिल रही है?" आर्यन ने अविश्वास से कहा।

और फिर—

तस्वीर के सारे लोग एक-एक करके गायब होने लगे।

उनकी जगह काले धब्बे आ गए, मानो किसी ने उन्हें जला दिया हो।

"ये लोग कौन थे?" नेहा ने डरते हुए पूछा।

जवाब में कमरे की दीवारों से एक भयानक चीख निकली—

"हम वो हैं... जो इस हवेली के पहले शिकार बने थे!"

अचानक, फ़र्श पर गहरे दरारें पड़ने लगीं।

"भागो!" आकाश ने चिल्लाया।

लेकिन बहुत देर हो चुकी थी।

ज़मीन फट गई, और सब उसमें गिरने लगे!

वे अब हवेली के किसी गुप्त तहखाने में पहुँच चुके थे।

यहाँ हर तरफ धूल और मकड़ियों के जाले थे।

"यह कौन-सी जगह है?" शानवी ने खांसते हुए पूछा।

कमरे के बीचों-बीच एक पुराना लोहे का पिंजरा था।

पिंजरे के अंदर हड्डियों का ढेर था।

और उसके पास एक लकड़ी का तख़्ता पड़ा था, जिस पर खून से लिखा था—

"जो यहाँ आएगा, उसे मरना ही होगा।"

"हमें यहाँ से निकलना होगा!" रोहित घबराकर बोला।

लेकिन तभी...

कमरे की हवा भारी होने लगी।

छत से लटकती लालटेन अचानक अपने आप जल उठी।

उसकी पीली रोशनी में वे आत्माएँ दिखने लगीं, जो अब तक अदृश्य थीं।

"तुम हमें मुक्त करने आए हो?"

एक आत्मा ने पूछा।

"क...कौन हो तुम?" नेहा ने डरते हुए कहा।

"हम वे लोग हैं, जिनका खून इस हवेली की ज़मीन ने पिया है..." आत्मा ने धीरे से कहा।

"इस श्राप से बचने का कोई तरीका है?" आकाश ने हिम्मत जुटाकर पूछा।

आत्मा ने धीरे से कहा—

"श्राप को मिटाने के लिए तुम्हें बलिदान देना होगा..."

"कैसा बलिदान?"

लेकिन इससे पहले कि कोई जवाब मिलता—

तहखाने का दरवाजा ज़ोर से खुला।

एक लंबा, काला छायादार प्राणी अंदर आया।

उसके चेहरे पर आँखें नहीं थीं, सिर्फ गहरा अंधकार था।

उसके हाथों में लोहे की ज़ंजीरें थीं, जिनसे खून टपक रहा था।

और उसकी आवाज़...

"**अब कोई नहीं बचेगा...**"

अध्याय 6: "शाप का अंत या नई शुरुआत?"

तहखाने की ठंडी, सीलन भरी हवा में साँस लेना मुश्किल हो रहा था। चारों ओर अंधकार था, सिर्फ लालटेन की मंद रोशनी में उनकी परछाइयाँ दीवारों पर थरथरा रही थीं।

आकाश ने चारों ओर देखा—उनके चारों ओर धूल और मकड़ियों के जाले थे। फर्श पर जगह-जगह हड्डियों के टुकड़े बिखरे थे, जिनसे अभी भी दुर्गंध उठ रही थी।

"हमें यहाँ से जल्दी निकलना होगा!" रोहित ने घबराकर कहा।

"लेकिन कैसे?" शानवी ने अपने चारों ओर देखा। "यहाँ कोई रास्ता नहीं दिख रहा..."

तभी विजय ने एक पुराना, लोहे का दरवाजा देखा जो आधा टूटा हुआ था।

"शायद यह बाहर जाने का रास्ता हो!" उसने दरवाजे को जोर से धक्का दिया, लेकिन वह हिला भी नहीं।

"इसे खोलने का कोई और तरीका ढूंढना होगा..." आकाश ने कहा।

तभी...

तहखाने की दीवारों पर हलचल होने लगी।

"यह दीवारें हिल क्यों रही हैं?" नेहा ने काँपते हुए कहा।

दीवारों से अब खून टपकने लगा था, और उन पर अजीबो-गरीब आकृतियाँ उभर रही थीं—ऐसे चेहरे, जो अधजले थे, आँखों की जगह खाली गड्ढे थे, और मुँह से चीखने की आवाज़ें आ रही थीं।

"हमें यहाँ से अभी निकलना होगा!" आर्यन चिल्लाया।

लेकिन तभी...

धड़ाम!

तहखाने का दरवाजा अपने आप खुल गया, और उसके पीछे एक काली आकृति खड़ी थी।

वह इंसान नहीं था।

वह कुछ और था...

उसका शरीर हड्डियों से बना था, लेकिन वह जल रहा था। उसकी आँखों की जगह गहरे, काले गड्ढे थे, और उसके हाथों में लोहे की जंजीरें थीं जिनसे खून टपक रहा था।

"तुम यहाँ से जिंदा नहीं जाओगे..."

उसकी आवाज़ गहरी, गूँजती हुई और दिल दहला देने वाली थी।

"तुम कौन हो?" आकाश ने हिम्मत जुटाकर पूछा।

उस प्राणी ने एक ज़ोरदार अट्टहास किया।

"मैं इस हवेली का मालिक हूँ... मैं ही विक्रम सिंह हूँ... और यह हवेली मेरा अभिशाप है!"

सबके दिल तेज़ी से धड़कने लगे।

"तो यह श्राप तुम्हारी वजह से है?" शानवी ने पूछा।

"हाँ! मैं अमर बनना चाहता था... मैंने बलि दी... लेकिन मेरी आत्मा कैद हो गई... और अब, तुम सब भी मेरे साथ हमेशा के लिए रहोगे!"

तभी हवा में अचानक बदलाव आया।

वह आत्माएँ, जो पहले छिपी हुई थीं, अब चारों ओर प्रकट होने लगीं।

"नहीं... अब और नहीं!"

एक महिला की आत्मा प्रकट हुई—वह वही थी, जो आईने में दिखी थी।

"तुमने हमें सालों तक कैद रखा... लेकिन अब यह खत्म होगा!"

विक्रम सिंह की आत्मा गुस्से से कांप उठी।

"कोई भी मुझे नहीं रोक सकता!"

हवेली के अंदर सब कुछ हिलने लगा।

दीवारें टूट रही थीं, फर्श में दरारें आ रही थीं, और काले धुएँ से भरी परछाइयाँ चारों ओर घूमने लगीं।

"हमें कुछ करना होगा!" आकाश ने कहा।

शानवी ने गौर किया कि तहखाने के बीचों-बीच एक पवित्र चक्र बना हुआ था।

"शायद इसी से हम श्राप तोड़ सकते हैं!"

लेकिन तभी...

विक्रम सिंह ने एक ज़ोरदार चीख मारी, और उसकी ज़ंजीरें हवा में घूमकर आकाश और रोहित की ओर बढ़ीं।

"बचो!" नेहा चिल्लाई।

लेकिन बहुत देर हो चुकी थी।

विक्रम सिंह ने आकाश को अपनी ज़ंजीरों में जकड़ लिया।

"अब तुम भी इस हवेली का हिस्सा बन जाओगे!"

लेकिन तभी, शानवी ने ज़मीन से एक पुरानी, तांत्रिक किताब उठाई, जो वहीं पड़ी थी।

उसने उसे खोला, और वहाँ लिखा था—

"श्राप का अंत करने के लिए, आत्मा को उसकी असली जगह लौटानी होगी!"

"मतलब?" विजय ने पूछा।

"हमें विक्रम सिंह की आत्मा को मुक्त करना होगा!"

लेकिन यह आसान नहीं था...

शानवी ने किताब से मंत्र पढ़ना शुरू किया।

हवा तेज़ हो गई, हवेली और ज़ोर से हिलने लगी, और विक्रम सिंह की आत्मा चिल्लाने लगी—

"नहीं!!!"

लेकिन मंत्र पूरा होते ही...

एक ज़ोरदार धमाके के साथ विक्रम सिंह की आत्मा भयंकर चीख मारते हुए हवेली से बाहर निकल गई।

हवेली के चारों ओर एक गूंज उठी—

और फिर...

सब कुछ शांत हो गया।

आकाश, शानवी, विजय, नेहा, रोहित और आर्यन ने चारों ओर देखा।

दरवाजा अब खुल चुका था।

"हम बच गए?" नेहा ने पूछा।

"शायद..." आकाश ने धीरे से कहा।

वे धीरे-धीरे हवेली से बाहर निकले।

लेकिन जैसे ही उन्होंने दरवाजे के बाहर कदम रखा...

आईने में किसी की परछाई हिली।

क्या श्राप सच में खत्म हुआ था? या यह सिर्फ एक नई शुरुआत थी?

अध्याय 7: हवेली का नया रहस्य

श्राप समाप्त, पर असली डर अभी बाकी था...

आकाश, शानवी, विजय, नेहा, रोहित और आर्यन जैसे ही हवेली के बाहर निकले, ठंडी हवा के झोंके ने उन्हें घेर लिया। उन्होंने पीछे मुड़कर देखा—हवेली अब पहले जैसी नहीं थी।

वह अब एक सुनसान खंडहर में बदल चुकी थी।

"क्या यह सच में खत्म हो गया?" विजय ने धीरे से पूछा।

"पता नहीं... लेकिन कुछ अजीब महसूस हो रहा है।" शानवी ने कहा।

तभी अचानक...

दरवाजा खुद-ब-खुद बंद हो गया।

धड़ाम!!

सबके रोंगटे खड़े हो गए।

"यह क्या था?" नेहा काँप गई।

आकाश ने हवेली के बाहर बने पुराने कुएँ की ओर देखा।

"हमें यहाँ से जल्द निकलना चाहिए," उसने कहा।

पर तब तक बहुत देर हो चुकी थी...

आईने में छिपी परछाई

जब वे अपनी कार की ओर बढ़े, तो नेहा ने कुछ महसूस किया।

हवेली की एक खिड़की में कोई परछाई हिल रही थी।

"देखो! कोई अंदर है!" उसने चिल्लाकर कहा।

सबने उधर देखा।

परछाई धीरे-धीरे शानवी की शक्ल लेने लगी।

"यह... यह मैं हूँ?" शानवी की आवाज़ डर से काँप उठी।

और तभी...

आईने में बैठी वह परछाई मुस्कुराई!

लेकिन यह कोई सामान्य मुस्कान नहीं थी।

वह एक शैतानी हंसी थी।

अनजान गाँव वाले और एक नई चेतावनी

अचानक, उन्हें महसूस हुआ कि कोई उनकी ओर देख रहा है।

गाँव के कुछ बुज़ुर्ग उनकी ओर बढ़ रहे थे।

"तुम लोग वहाँ क्या कर रहे थे?" एक बूढ़े आदमी ने पूछा।

"हम... फँस गए थे, पर अब बाहर आ चुके हैं।" आकाश ने कहा।

"तो क्या तुमने श्राप को तोड़ दिया?" एक अन्य गाँववाले ने चिंता से पूछा।

"हाँ, हमने देखा कि हवेली अब खंडहर में बदल गई है।" शानवी ने जवाब दिया।

गाँववालों के चेहरे पर डर की लकीरें खिंच गईं।

"लेकिन वह श्राप कभी खत्म नहीं हो सकता।"

"क...क्या?" विजय ने पूछा।

"तुमने हवेली को तबाह किया, लेकिन उसके अंदर की आत्माएँ अब मुक्त हो चुकी हैं।"

सबके दिल तेज़ी से धड़कने लगे।

"मतलब... वो आत्माएँ अब बाहर हैं?"

बुज़ुर्ग व्यक्ति ने सिर हिलाया।

"और अब... वे तुम्हारा पीछा करेंगी!"

रात की चीखें

वे लोग गाँव में एक धर्मशाला में ठहरे।

शानवी आईने के सामने खड़ी थी।

"मुझे बहुत अजीब लग रहा है।" उसने धीरे से कहा।

"अब सब ठीक हो जाएगा।" आकाश ने उसे सांत्वना दी।

लेकिन जैसे ही शानवी ने आईने की ओर देखा...

आईने में उसकी परछाई मुस्कुराई... पर उसकी असली शक्ल वैसी ही थी!

और तभी—

आईने से एक साया बाहर निकला!

शानवी ने चीख मारी।

सब भागकर आए।

"क्या हुआ?" रोहित ने पूछा।

"आई...आईना..."

सबने आईने की ओर देखा, पर वहाँ कुछ नहीं था।

"शायद तुम्हें भ्रम हुआ होगा।" नेहा ने कहा।

पर तभी...

धड़ाम!!

कमरे की खिड़की खुद-ब-खुद खुल गई, और एक ठंडी हवा अंदर आई।

बाहर से किसी के चलने की आवाज़ आई।

लेकिन जब उन्होंने झाँका—

कोई नहीं था।

पीछा कौन कर रहा था?

रात के अंधेरे में सब सोने की कोशिश कर रहे थे।

पर तभी नेहा को किसी के फुसफुसाने की आवाज़ आई।

"शानवी..."

"क्या?" नेहा ने चौंककर कहा।

"शानवी... अब तुम्हारी नहीं रही..."

नेहा के दिल की धड़कनें तेज़ हो गई।

"क... कौन है वहाँ?"

कोई जवाब नहीं आया।

पर दरवाजे के बाहर किसी की छाया दिख रही थी।

नेहा ने धीरे से दरवाजा खोला।

पर बाहर कोई नहीं था।

बस ज़मीन पर कुछ लिखा था—

"तुम बच नहीं सकते!"

आत्माओं का खेल शुरू

अगली सुबह, सबने तय किया कि वे गाँव के मंदिर जाकर संत से मिलेंगे।

संत ने उनकी बातें सुनीं और गहरी साँस ली।

"तुम लोग अब हवेली का हिस्सा बन चुके हो।"

"मतलब?"

"अब हवेली तुम सबमें समा चुकी है।"

"कैसे?"

संत ने एक पुरानी किताब निकाली और उसमें एक पंक्ति पढ़ी—

"जो हवेली के श्राप को तोड़ेगा, श्राप उसकी आत्मा में घर कर लेगा।"

"इसका मतलब..."

"अब तुम जहाँ भी जाओगे, यह श्राप तुम्हारे साथ रहेगा!"

श्राप की अगली कड़ी

सबके चेहरे सफेद पड़ गए।

"तो क्या हमारे पास कोई रास्ता नहीं है?" आकाश ने पूछा।

संत ने उनकी ओर देखा और कहा—

"रास्ता है... पर आसान नहीं।"

"हमें क्या करना होगा?"

"श्राप को खत्म करने के लिए तुम्हें... किसी एक को बलिदान देना होगा।"

सबकी साँसें अटक गईं।

"बलिदान?"

संत ने सिर हिलाया।

"कोई एक व्यक्ति अपनी जान देगा, तब ही बाकी सब बच सकते हैं।"

हवा अचानक ठंडी हो गई।

सबने एक-दूसरे की ओर देखा।

क्या कोई अपने प्राण देने के लिए तैयार होगा?

या यह श्राप अब हमेशा के लिए उनके साथ रहेगा?

अध्याय 8: बलिदान का अभिशाप

कठिन निर्णय का समय

संत की बात सुनकर कमरे में सन्नाटा छा गया।

"कोई एक व्यक्ति अपनी जान देगा, तब ही बाकी सब बच सकते हैं।"

हर किसी का चेहरा पीला पड़ गया।

"यह कोई मज़ाक है क्या?" विजय गुस्से में चिल्लाया।

"नहीं, यह सच्चाई है।" संत ने गंभीर स्वर में कहा।

"हमारा कोई और रास्ता नहीं?" शानवी ने काँपते हुए पूछा।

संत ने गहरी साँस ली।

"या तो कोई एक व्यक्ति बलिदान देगा... या फिर तुम सब एक-एक करके इस श्राप का शिकार बन जाओगे।"

कौन देगा बलिदान?

सबने एक-दूसरे की ओर देखा।

"हम ऐसा नहीं कर सकते। हम अपने किसी दोस्त को नहीं खो सकते।" आकाश ने कहा।

"पर अगर हमने कुछ नहीं किया, तो हम सब मारे जाएँगे!" रोहित ने कहा।

"क्या कोई और तरीका नहीं है?" नेहा ने संत से पूछा।

संत ने सिर झुका लिया।

"एक तरीका है..."

"क्या?"

"पर वह बहुत खतरनाक है। और उसमें भी सफलता की कोई गारंटी नहीं है।"

श्राप को उलटने का तरीका

"तुम्हें उस आत्मा से खुद लड़ना होगा जिसने हवेली को श्राप दिया है।"

"कैसे?" आकाश ने पूछा।

"हवेली के तहखाने में एक प्राचीन शिला है, जिस पर वह श्राप लिखा गया था। अगर तुम उसे नष्ट कर दो, तो शायद यह श्राप खत्म हो सकता है।"

"तो फिर हम यही करेंगे!" विजय बोला।

"पर याद रखना, यह आसान नहीं होगा।" संत ने चेतावनी दी।

"हवेली अब पहले जैसी नहीं रही। वह अब जीवित है... और वह तुम्हें खत्म करने की कोशिश करेगी।"

दोबारा हवेली में प्रवेश

रात होते ही वे सब दोबारा हवेली में जाने को तैयार हुए।

"यह बहुत गलत लग रहा है।" शानवी ने कहा।

"हमें कोई और रास्ता नहीं है।" आकाश ने कहा।

हवेली की ओर बढ़ते ही ठंडी हवा चलने लगी।

"हम अभी अंदर जा रहे हैं, पर अगर कुछ भी गलत हो, तो सबको भाग जाना चाहिए।" आकाश ने सबको चेताया।

दरवाजा पहले की तरह ही खुद-ब-खुद खुल गया।

और जैसे ही वे अंदर गए...

हवेली ज़ोर-ज़ोर से हिलने लगी!

जीवित हो चुकी हवेली

"यह जगह हमें निगलना चाहती है!" नेहा चीख पड़ी।

दीवारों पर काले साए उभरने लगे।

तभी हवा में वही शैतानी आवाज़ गूँजी—

"तुम वापस क्यों आए? क्या मौत तुम्हें यहाँ खींच लाई?"

"हमें श्राप को खत्म करना है!" आकाश ने हिम्मत दिखाई।

"तुम कभी कामयाब नहीं होगे!"

और तभी...

हवेली की छत से काले पंजे निकलने लगे!

वे पंजे धीरे-धीरे सभी की ओर बढ़ने लगे।

"भागो!" विजय चिल्लाया।

तहखाने तक का सफर

वे सब दौड़ते हुए तहखाने की ओर बढ़े।

सीढ़ियों के पास पहुँचते ही एक काले धुएँ का बादल उनके रास्ते में आ गया।

"तुम यहाँ से नहीं जा सकते!"

हवा में एक भयानक कंकाल जैसी आकृति उभर आई।

"यह हमें रोक रही है!" नेहा चिल्लाई।

"हमें इसे हराना होगा!" रोहित ने कहा।

आकाश ने जल्दी से जेब से गंगा जल निकाला और उस पर छिड़क दिया।

जैसे ही गंगा जल पड़ा, वह आकृति ज़ोर-ज़ोर से चीखने लगी और गायब हो गई।

"चलो जल्दी!"

वे सब दौड़कर तहखाने में घुस गए।

शिला का रहस्य

तहखाने में पहुँचते ही उन्होंने देखा—

एक बड़ी काली पत्थर की शिला, जिस पर लाल अक्षरों में कुछ लिखा था।

"यही है!" शानवी बोली।

"अब इसे तोड़ना होगा!" आकाश ने कहा।

लेकिन तभी...

हवेली ने अपनी असली शक्ति दिखानी शुरू कर दी।

श्राप का अंतिम हमला

शिला के चारों ओर काले साए घूमने लगे।

"हमारे श्राप को कोई नहीं मिटा सकता!"

एक भयानक आकृति उनके सामने प्रकट हुई।

यह वही आत्मा थी जिसने हवेली को श्राप दिया था।

"यह अब खत्म होगा!" आकाश ने एक त्रिशूल उठाया, जो तहखाने में रखा था।

और उसने पूरी ताकत से शिला पर वार कर दिया।

धड़ाम!!!

शिला टूटते ही हवेली की दीवारें गिरने लगीं।

"भागो!" विजय चिल्लाया।

श्राप का अंत?

वे सब किसी तरह बाहर भागे।

और देखते ही देखते—

हवेली ज़मीन में समा गई।

शानवी ने अपने चारों ओर देखा।

"क्या... क्या यह सच में खत्म हो गया?"

संत ने एक लंबी साँस ली और कहा—

"हाँ, यह अब खत्म हो चुका है।"

लेकिन क्या सच में...?

रात को जब सब अपने-अपने घर में पहुँचे...

नेहा ने आईने में कुछ देखा।

आईने में वह भयानक परछाई फिर से थी...

और फिर वही शैतानी हंसी गूँजी—

"यह कभी खत्म नहीं होता..."

अध्याय 9: श्राप की नई शुरुआत

आईने में दिखी परछाई

नेहा का पूरा शरीर ठंडा पड़ गया।

"यह खत्म नहीं हुआ?"

आईने में वही डरावनी परछाई थी, लेकिन इस बार... वह हिल रही थी!

"नहीं, नहीं, यह मेरी आँखों का धोखा है..." उसने खुद को समझाने की कोशिश की।

लेकिन तभी...

आईने में से एक कंकाल जैसी उंगलियाँ बाहर निकलीं!

नेहा चीख पड़ी और पीछे हट गई।

बाकी सभी लोग अपने घरों में जा चुके थे, और सबको लगा था कि अब वे सुरक्षित हैं।

पर यह सच नहीं था...

हवेली का अंश जो बच गया था

अगली सुबह, आकाश ने नेहा से मिलने की कोशिश की, लेकिन वह अपने कमरे से बाहर नहीं आई।

"क्या बात है?" शानवी ने पूछा।

"मुझे नहीं पता, वह दरवाजा नहीं खोल रही।"

सब मिलकर नेहा के घर पहुँचे।

दरवाजा अंदर से बंद था।

"नेहा, दरवाजा खोलो!" आकाश ने ज़ोर से कहा।

कोई जवाब नहीं आया।

आखिरकार, विजय ने दरवाजे को धक्का दिया और...

दरवाजा अंदर से टूटा पड़ा था।

नेहा अपने बिस्तर पर बैठी थी, उसकी आँखें खुली हुई थीं, लेकिन... वह हिल नहीं रही थी।

"नेहा!" शानवी ने उसे हिलाया।

उसकी त्वचा बर्फ जैसी ठंडी थी।

और तभी...

नेहा की आँखें लाल हो गईं, और उसके मुँह से एक अलग ही आवाज़ निकली—

"तुमने जो किया, उसकी कीमत अब चुकानी होगी..."

श्राप का असली रहस्य

नेहा अचानक हवा में उठ गई!

"यह क्या हो रहा है!" रोहित डरकर पीछे हटा।

संत भी वहाँ पहुँच चुके थे।

"मैंने पहले ही कहा था... यह इतना आसान नहीं होगा।"

"मतलब?" आकाश ने पूछा।

"श्राप की जड़ें बहुत गहरी थीं। सिर्फ हवेली को नष्ट करना काफी नहीं था।"

"फिर हमें क्या करना होगा?" विजय ने घबराकर पूछा।

"हमें उस जगह पर वापस जाना होगा जहाँ यह श्राप जन्मा था।"

"क्या? हवेली तो नष्ट हो गई!"

"पर श्राप अब इंसानों में समा चुका है..."

नए डर की शुरुआत

उस रात, नेहा की हालत और खराब हो गई।

वह ज़मीन पर बैठी हुई अजीबोगरीब बड़बड़ा रही थी।

"रक्त... अग्नि... बलिदान... अंत..."

फिर अचानक, उसकी गर्दन पीछे की ओर मुड़ गई!

"नेहा!" शानवी ने चीखकर कहा।

पर नेहा ने एक खौफनाक हंसी हंसते हुए कहा—

"अब कोई नहीं बचेगा..."

और फिर उसकी आँखें पूरी तरह से काली हो गईं।

अंतिम लड़ाई की तैयारी

अब समय आ चुका था।

आकाश और बाकी सभी समझ चुके थे कि श्राप को हमेशा के लिए खत्म करने के लिए उन्हें आखिरी लड़ाई लड़नी होगी।

"हमें फिर से वहाँ जाना होगा जहाँ यह सब शुरू हुआ था।"

"पर वह जगह अब भी मौजूद है?" विजय ने पूछा।

संत ने गहरी साँस ली।

"हाँ, और अब यह पहले से भी ज्यादा खतरनाक हो चुकी है..."

अध्याय 10: अंधेरे का द्वार

श्राप की असली जड़

आकाश, शानवी, विजय, रोहित और संत तैयार थे।

"हमें जल्द ही वहाँ पहुँचना होगा," संत ने कहा।

"पर वह जगह कहाँ है?" शानवी ने पूछा।

संत ने एक पुराना नक्शा निकाला।

"यह हवेली के नीचे एक गुप्त द्वार है, जिसे 'अंधेरे का द्वार' कहा जाता है। यह वही जगह है जहाँ यह श्राप पहली बार उत्पन्न हुआ था।"

"हमें कब जाना होगा?" आकाश ने गंभीर स्वर में पूछा।

"अभी... इससे पहले कि श्राप पूरी तरह से मुक्त हो जाए।"

गुप्त मार्ग की ओर

रात घनी हो चुकी थी।

संत ने सबको एक अजीब-सा लाल धागा दिया।

"इसे अपने हाथ पर बाँध लो, यह तुम्हारी रक्षा करेगा।"

वे सब धीरे-धीरे हवेली के खंडहरों की ओर बढ़ने लगे।

लेकिन जब वे वहाँ पहुँचे...

जमीन में एक विशाल दरार बन चुकी थी।

"यह क्या है?" विजय ने हैरानी से कहा।

संत ने धीरे से कहा—

"श्राप जाग चुका है..."

द्वार का खुलना

वे आगे बढ़े, और संत ने एक मंत्र पढ़ा।

अचानक, धरती हिलने लगी।

एक प्राचीन पत्थर का द्वार प्रकट हुआ।

"यह रहा! अंधेरे का द्वार!"

पर जैसे ही उन्होंने उसे छूने की कोशिश की—

भयानक चीखें गूंज उठीं!

और फिर...

दरवाजा अपने आप खुल गया।

श्रापित आत्माओं का हमला

अंदर घना अंधेरा था।

"सावधान!" संत ने चेतावनी दी।

अचानक, दीवारों से काले धुंए जैसी परछाइयाँ निकलने लगीं।

"तुम यहाँ नहीं आ सकते!"

एक आत्मा ने विजय पर हमला किया!

"बचो!" शानवी ने चिल्लाया।

आकाश ने अपनी मशाल जलाकर आत्मा पर फेंकी।

आत्मा चिल्लाते हुए पीछे हट गई।

श्राप को तोड़ने का उपाय

वे धीरे-धीरे आगे बढ़े और एक गोलाकार हॉल में पहुँचे।

हॉल के बीचों-बीच एक काले रंग का क्रिस्टल रखा था।

"यही श्राप की जड़ है!" संत ने कहा।

"तो हमें इसे तोड़ना होगा?" रोहित ने पूछा।

"नहीं! अगर इसे गलत तरीके से तोड़ा, तो श्राप हमेशा के लिए फैल जाएगा!"

"फिर क्या करना होगा?"

"बलिदान..." संत की आवाज़ गूंज उठी।

"किसका बलिदान?" शानवी ने सहमते हुए पूछा।

संत ने आकाश की ओर देखा।

"जिसने सबसे पहले इसे छुआ था... वही इसे समाप्त कर सकता है।"

अध्याय 11: अंतिम बलिदान

आर्यन की रहस्यमयी गुमशुदगी

जब सब श्राप को तोड़ने की योजना बना रहे थे, तभी शानवी को एहसास हुआ—

"आर्यन कहाँ है?"

सबने एक-दूसरे की ओर देखा।

"वह तो हमारे साथ ही था, लेकिन... कब गायब हो गया?" विजय ने पूछा।

संत ने चिंता से कहा, "अगर वह अकेला कहीं चला गया है, तो वह गंभीर मुसीबत में हो सकता है।"

"हमें उसे ढूँढना होगा!" आकाश ने दृढ़ता से कहा।

अंधकार की भूलभुलैया

वे अंधेरे में आगे बढ़ने लगे।

अचानक, हवा में फुसफुसाहट गूंजने लगी—

"आर्यन... आर्यन... तुम्हें बचाया नहीं जा सकता..."

"यह आवाज़ कैसी है?" नेहा ने घबराकर पूछा।

"कोई हमें भ्रमित करने की कोशिश कर रहा है!" संत बोले।

तभी, फर्श उनके पैरों के नीचे से खिसकने लगी—

वे सब अलग-अलग दिशाओं में गिर गए!

आर्यन का नया रूप

आकाश जब उठा, तो खुद को एक अजीब कमरे में पाया।

उसके सामने...

आर्यन खड़ा था!

लेकिन वह पहले जैसा नहीं था।

उसकी आँखें काली पड़ चुकी थीं, और शरीर से एक अजीब ऊर्जा निकल रही थी।

"आर्यन! तुम ठीक हो?" आकाश ने चिंतित होकर पूछा।

आर्यन ने ठंडी आवाज़ में कहा—

"अब मैं आर्यन नहीं हूँ... मैं श्राप का नया संरक्षक हूँ!"

श्राप की सच्चाई

संत और बाकी सब भी वहाँ पहुँच गए।

संत ने दहशत में कहा—

"नहीं! यह नहीं हो सकता!"

शानवी ने रोते हुए कहा, "आर्यन, प्लीज़ हमें पहचानो!"

लेकिन आर्यन के चेहरे पर कोई भाव नहीं था।

तभी, काले क्रिस्टल से एक परछाई निकली—

"यह मेरा नया शरीर है... अब कोई मुझे रोक नहीं सकता!"

अंतिम बलिदान का रहस्य

संत ने तेजी से कहा, "हमें जल्दी करनी होगी! श्राप को रोकने का एक ही तरीका है!"

"क्या?" आकाश ने पूछा।

"हमें आर्यन को बचाना होगा, लेकिन... किसी को अपने जीवन का बलिदान देना होगा!"

"मैं तैयार हूँ!" आकाश ने कहा।

"नहीं! यह सही तरीका नहीं है!" शानवी चिल्लाई।

लेकिन संत ने कहा—

"बलिदान सिर्फ शरीर का नहीं, आत्मा का भी हो सकता है..."

क्या वे आर्यन को बचा पाएंगे?

अध्याय 12: श्राप का अंत या नई शुरुआत?

आर्यन की आत्मा का संघर्ष

आकाश, शानवी, विजय, रोहित और संत के सामने आर्यन खड़ा था—लेकिन अब वह आर्यन नहीं था।

उसकी आँखों में गहरी काली लपटें थीं, और उसकी आवाज़ में एक भयानक गूँज थी।

"अब कोई मुझे नहीं रोक सकता!"

"नहीं, आर्यन! तुम इस श्राप के गुलाम नहीं बन सकते!" शानवी चिल्लाई।

अचानक, आर्यन का शरीर झटके खाने लगा।

उसके चेहरे पर एक पल के लिए संघर्ष की झलक दिखी—

"आ...काश... मुझे... बचाओ..."

बलिदान का निर्णय

संत ने कहा, "अगर हमें उसे बचाना है, तो हमें आत्मा-बलिदान करना होगा।"

"आत्मा-बलिदान?" विजय ने पूछा।

"हाँ! इसका मतलब है कि कोई अपनी आत्मा को श्रापित क्रिस्टल में समाहित करेगा, जिससे श्राप नष्ट हो जाएगा, लेकिन..."

"लेकिन क्या?" शानवी ने पूछा।

"जिसकी आत्मा जाएगी, वह इस दुनिया से हमेशा के लिए गायब हो जाएगा।"

आकाश का अंतिम फैसला

आकाश ने बिना सोचे कहा—

"मैं तैयार हूँ!"

"नहीं!" शानवी ने रोते हुए कहा।

"यह हमारी एकमात्र उम्मीद है!" आकाश ने दृढ़ता से कहा।

संत ने मंत्र पढ़ना शुरू किया।

आकाश धीरे-धीरे काले क्रिस्टल के पास गया।

जैसे ही उसने उसे छुआ, एक जबरदस्त रोशनी निकली—

"नहीं!!!"

आर्यन की आत्मा उसके शरीर में लौटने लगी।

और फिर...

क्रिस्टल टूट गया!

श्राप का अंत या एक नई शुरुआत?

सब कुछ शांत हो गया।

आर्यन ज़मीन पर गिर पड़ा—लेकिन अब वह सामान्य था।

"हम जीत गए?" रोहित ने पूछा।

संत ने धीरे से कहा, "शायद..."

लेकिन तभी...

हवेली की दीवारों पर दरारें पड़ने लगीं।

"यह जगह खुद को मिटा रही है!"

"भागो!" विजय चिल्लाया।

अंत... या कुछ और?

वे सभी बाहर निकल गए।

जैसे ही हवेली का द्वार पार किया, वह पीछे से ढह गई।

सबने राहत की सांस ली।

लेकिन तभी...

आकाश का शरीर धीरे-धीरे गायब होने लगा।

"आकाश! क्या हो रहा है?" शानवी चिल्लाई।

आकाश मुस्कुराया—

"मैंने अपनी आत्मा दे दी है... अब मुझे जाना होगा..."

"नहीं! हम कोई और तरीका ढूँढेंगे!"

लेकिन बहुत देर हो चुकी थी।

आकाश की आँखों में आँसू थे, लेकिन उसके चेहरे पर संतोष भी था।

वह धुंए में बदलकर गायब हो गया...

शानवी ज़मीन पर गिर पड़ी, रोती रही।

सब चुप थे।

फिर संत ने धीरे से कहा—

"कभी-कभी, बलिदान ही एकमात्र रास्ता होता है..."

अंत... या एक नई शुरुआत?

कुछ महीने बाद—

शानवी ने आकाश की तस्वीर के सामने दीपक जलाया।

तभी, हवा में एक जानी-पहचानी फुसफुसाहट गूँजी—

"शानवी... मैं हमेशा तुम्हारे साथ हूँ..."

(क्या यह सच में अंत था? या कोई और रहस्य अब भी छुपा है? हवेली गई, लेकिन क्या श्राप पूरी तरह मिट गया?)

अध्याय 13: श्राप की विरासत

शानवी का दुःख और हवेली के पीछे छिपा रहस्य

आकाश के बलिदान के बाद सब कुछ शांत हो गया था, लेकिन शानवी के दिल में तूफान चल रहा था। वह दिन-रात आकाश को याद करती, उसकी तस्वीर से बातें करती।

"क्या वह सच में चला गया?" उसने खुद से पूछा।

विजय, रोहित, नेहा और आर्यन भी सदमे में थे।

"हमने हवेली को खत्म कर दिया, लेकिन क्या सत्त में श्राप मिट गया?" विजय ने चिंता से कहा।

तभी...

शानवी को एक पुरानी किताब मिली, जो हवेली से बची थी।

जब उसने उसे खोला, तो उसकी आँखें फटी रह गईं।

"श्राप कभी खत्म नहीं होता... यह सिर्फ शरीर बदलता है।"

एक नई शुरुआत या नया खतरा?

आकाश के जाने के कुछ महीने बाद, सबने अपनी जिंदगी फिर से शुरू करने की कोशिश की।

आर्यन अब ठीक था, लेकिन उसे कुछ याद नहीं था।

शानवी ने अपनी पढ़ाई फिर से शुरू कर दी, लेकिन उसे अक्सर ऐसा महसूस होता था कि कोई उसे देख रहा है।

एक दिन, जब वह लाइब्रेरी में बैठी थी, तो उसके सामने की किताबें अपने-आप गिर गईं।

उसने घबराकर देखा—

एक किताब का नाम चमक रहा था—

"शापित आत्माओं की वापसी"

उसने उसे खोला, और उसमें सिर्फ एक ही लाइन लिखी थी—

"वह अभी भी यहीं है..."

शानवी के हाथ काँपने लगे।

"कौन यहीं है?"

तभी हवा में एक जानी-पहचानी फुसफुसाहट गूँजी—

"शानवी..."

हवेली का खंडहर और रहस्यमयी संकेत

शानवी ने अपने दोस्तों को बुलाया और सब फिर से उसी जगह गए, जहाँ हवेली ढही थी।

लेकिन वे हैरान रह गए—

हवेली की जगह अब एक विशाल, काले पत्थरों की संरचना खड़ी थी!

"यह कैसे हो सकता है?" रोहित ने कहा।

तभी, पत्थरों पर कुछ लिखा दिखा—

"बलिदान अधूरा था... आत्मा मुक्त नहीं हुई।"

शानवी को समझ आ गया—

"आकाश अभी भी इस दुनिया में है... लेकिन वह कहाँ है?"

तभी...

पत्थर के पीछे से एक परछाई निकली।

वह कोई और नहीं—

बल्कि आकाश था!

लेकिन उसकी आँखें अब पहले जैसी नहीं थीं...

(अगला अध्याय: क्या आकाश अब भी वही है? या वह श्राप का नया शिकार बन चुका है?)

अध्याय 14: आकाश – श्रापित आत्मा या नई आशा?

अंधेरे में घिरा आकाश

शानवी, विजय, रोहित और आर्यन अविश्वास से देख रहे थे।

आकाश उनके सामने खड़ा था—लेकिन अब उसका चेहरा वैसा नहीं था जैसा वे जानते थे।

उसकी आँखें काली हो चुकी थीं, और उसकी त्वचा पर अजीब निशान थे।

"आकाश?" शानवी ने कांपते हुए कहा।

आकाश ने उनकी ओर देखा, लेकिन उसकी आँखों में कोई भाव नहीं थे।

"तुम यहाँ क्यों आए?" उसकी आवाज़ गूँजी।

"तुम... तुम जिंदा हो?" विजय ने सवाल किया।

आकाश ने धीरे से कहा, "मैं ज़िंदा नहीं हूँ... और ना ही पूरी तरह मरा हूँ..."

श्राप का नया रूप

आकाश ने हवा में हाथ उठाया, और अचानक हवेली का खंडहर चमकने लगा।

पत्थर हिलने लगे, और ज़मीन से काले धुएँ की लहरें उठीं।

"यह सब क्या हो रहा है?" नेहा चिल्लाई।

"श्राप कभी खत्म नहीं होता..." आकाश ने धीरे से कहा।

"लेकिन तुमने तो अपनी आत्मा दे दी थी!" रोहित ने कहा।

"हाँ... लेकिन बलिदान अधूरा था। हवेली मुझे छोड़ने नहीं दे रही।"

"तो तुम कौन हो?"

आकाश ने हल्की मुस्कान के साथ जवाब दिया—

"मैं अब श्राप का हिस्सा हूँ..."

दोस्ती की आखिरी परीक्षा

शानवी की आँखों में आँसू आ गए।

"नहीं! तुम अब भी हमारे आकाश हो! हमें बताओ कि तुम्हें कैसे मुक्त करें?"

आकाश की आँखों में कुछ पल के लिए पुरानी यादों की झलक आई।

"अगर तुम मुझे सच में मुक्त करना चाहते हो... तो तुम्हें मेरे अस्तित्व को मिटाना होगा..."

"मतलब?" विजय ने पूछा।

"तुम्हें मुझे मारना होगा..."

सब अवाक रह गए।

"नहीं!" शानवी चिल्लाई। "हम कोई और रास्ता निकालेंगे!"

लेकिन तभी हवेली से एक भयानक चीख निकली।

"तुम बहुत देर कर चुके हो!"

अंतिम युद्ध – श्राप के खिलाफ संघर्ष

आकाश की छवि अचानक कांपने लगी।

उसका शरीर हवा में उठ गया, और उसके चारों ओर काली लौ जलने लगी।

अब वह पूरी तरह हवेली के श्राप के नियंत्रण में था!

"अब इसे रोको!" संत ने चिल्लाया।

शानवी ने कांपते हाथों से मंत्र पढ़ना शुरू किया।

लेकिन आकाश ज़मीन पर गिरा और उसकी चीख गूँज उठी—

"नहीं... मैं हार नहीं सकता!"

शानवी ने अपनी आँखें बंद कीं, और पूरी ताकत से मंत्र पढ़ा।

अचानक, हवेली की दीवारों में दरारें पड़ने लगीं।

काले धुएँ ने आकाश के शरीर को छोड़ना शुरू किया।

"बस थोड़ी देर और!" विजय चिल्लाया।

आकाश की आँखें एक पल के लिए सामान्य हो गईं।

उसने मुस्कुराकर कहा—

"शुक्रिया, शानवी..."

फिर एक ज़ोरदार विस्फोट हुआ—

और सब कुछ अंधेरे में डूब गया।

क्या सच में श्राप मिट गया?

जब सबने आँखें खोलीं, तो हवेली गायब हो चुकी थी।

सब सही-सलामत थे...

लेकिन आकाश वहाँ नहीं था।

"क्या वह चला गया?" शानवी ने आँसू पोंछते हुए पूछा।

संत ने धीरे से कहा, "उसकी आत्मा अब मुक्त हो गई है।"

लेकिन तभी हवा में एक हल्की फुसफुसाहट सुनाई दी—

"मैं हमेशा तुम्हारे साथ हूँ..."

शानवी ने ऊपर देखा और हल्की मुस्कान आई।

"हाँ, आकाश... हम जानते हैं।"

(अगला अध्याय: क्या श्राप सच में खत्म हुआ? या कुछ अभी भी छिपा है?)

अध्याय 15: अंत या एक नई शुरुआत?

हवेली का अवशेष और अनजानी शक्ति

आकाश की आत्मा को मुक्त करने के बाद, शानवी और उसके दोस्तों को लगा कि अब सब कुछ खत्म हो चुका है।

लेकिन जब वे उस स्थान से जाने लगे, तो उन्हें कुछ अजीब महसूस हुआ।

ज़मीन जहाँ हवेली थी, वहाँ अब सिर्फ राख और जली हुई लकड़ियों का ढेर था।

पर एक चीज़ अब भी वहीं खड़ी थी—

एक पुराना, टूटा हुआ दर्पण।

शानवी को ऐसा महसूस हुआ जैसे वह दर्पण उसकी ओर देख रहा हो।

"हमें इसे भी नष्ट कर देना चाहिए," विजय ने कहा।

लेकिन जैसे ही रोहित ने उसे छूने की कोशिश की—

दर्पण अचानक चमक उठा, और उसकी सतह में एक परछाई दिखी।

वही परछाई जो उन्होंने हवेली में देखी थी...

श्राप का नया रूप

दर्पण की सतह पर अब एक दृश्य दिखाई दे रहा था—

एक नई हवेली, एक नया मालिक, और वही श्राप!

"यह कैसे हो सकता है?" नेहा ने घबराकर कहा।

"श्राप कहीं और चला गया है!" आर्यन ने अनुमान लगाया।

"मतलब हमने इसे खत्म नहीं किया?" शानवी की आवाज़ काँप उठी।

तभी हवा में फिर से वही फुसफुसाहट गूँजी—

आकाश की आखिरी चेतावनी

अचानक, दर्पण की सतह पर आकाश का चेहरा उभर आया।

लेकिन वह अब वैसा नहीं था जैसा वे जानते थे।

उसकी आँखों में अब एक नई चेतावनी थी।

"शानवी... यह खत्म नहीं हुआ।"

"क्या? लेकिन हमने तुम्हें मुक्त कर दिया था!" शानवी ने कहा।

"मुझे मुक्त कर दिया, लेकिन श्राप अब भी ज़िंदा है।"

"तो हमें क्या करना होगा?" विजय ने पूछा।

आकाश ने धीमे स्वर में कहा—

"श्राप को मिटाने के लिए तुम्हें इसकी जड़ तक पहुँचना होगा।"

"मतलब?"

"तुम्हें जाना होगा... वहाँ जहाँ यह सब शुरू हुआ था—पहली हवेली में!"

एक नया सफर – श्राप का स्रोत खोजने की कसम

शानवी और उसके दोस्तों ने एक-दूसरे की ओर देखा।

"अगर हम अब पीछे हट गए, तो यह श्राप फिर से किसी को अपनी चपेट में ले लेगा," रोहित ने कहा।

"हमें इसे हमेशा के लिए खत्म करना होगा!" विजय ने जोड़ा।

"तो क्या हम तैयार हैं?" शानवी ने पूछा।

सबने सिर हिलाया।

उन्होंने दर्पण को देखा, जो अब अंधकार में ढक चुका था।

और फिर—

उन्होंने एक नई यात्रा की शुरुआत की...

श्राप की असली जड़ खोजने के लिए।

अध्याय 16: पहली हवेली का रहस्य

रहस्यमयी दस्तावेज़ और खोया इतिहास

आकाश की चेतावनी के बाद, शानवी, विजय, रोहित, नेहा और आर्यन ने श्राप की जड़ तक पहुँचने की ठानी।

उन्होंने पुरानी लाइब्रेरी, सरकारी अभिलेख और लोककथाओं से जानकारी इकट्ठा करनी शुरू की।

कुछ हफ्तों की खोजबीन के बाद, उन्हें एक प्राचीन दस्तावेज़ मिला।

उसमें दर्ज था—

"श्राप की उत्पत्ति 200 साल पहले 'काली हवेली' से हुई थी।"

"काली हवेली?" विजय ने पन्ने पलटते हुए कहा।

"हाँ, यह वही जगह है जहाँ पहली बार ये अजीब घटनाएँ हुई थीं," शानवी ने कहा।

"तो हमें वहीं जाना होगा," रोहित ने दृढ़ता से कहा।

काली हवेली की यात्रा – अनजाने डर की शुरुआत

शाम का समय था जब वे काली हवेली के पास पहुँचे।

यह हवेली घने जंगलों के बीच स्थित थी, जहाँ कोई जाने की हिम्मत नहीं करता था।

चारों तरफ धुंध थी, और हवेली के पुराने फाटक पर "अंदर मत आना" लिखा हुआ था।

"लगता है हमें स्वागत नहीं किया जा रहा," आर्यन ने ठंडी हंसी के साथ कहा।

"अगर पीछे हटने का मन हो, तो अभी सही वक्त है," विजय ने कहा।

लेकिन सबने एक-दूसरे की ओर देखा और बिना कुछ कहे अंदर चले गए।

हवेली के अंदर – एक नया नगर

अंदर घुसते ही अजीब-सी ठंड महसूस हुई।

हवेली की दीवारों पर अजीब आकृतियाँ बनी थीं।

छत से झूलते हुए जाले, फर्श पर फैली धूल, और हर तरफ सन्नाटा।

"हमें यहाँ क्या खोजना है?" नेहा ने फुसफुसाकर पूछा।

"श्राप की उत्पत्ति। हमें पता लगाना होगा कि यह कैसे शुरू हुआ था," शानवी ने कहा।

तभी अचानक—

दरवाजा ज़ोर से बंद हो गया!

"कोई हमें फँसा रहा है!" विजय ने चिल्लाया।

प्राचीन अनुष्ठान और खून से लथपथ किताब

तभी एक पुराना लकड़ी का अलमारी खुद-ब-खुद खुल गया।

उसमें एक किताब रखी थी—

उसके पन्ने खून से सने थे!

"यह क्या है?" रोहित ने किताब उठाई।

पहला पन्ना पढ़ते ही हवा में अजीब-सी गूँज उठी।

"श्राप को खत्म करने का एक ही तरीका है—पहले किए गए पाप को दोबारा जीना।"

"इसका क्या मतलब हुआ?" आर्यन ने पूछा।

"मतलब... हमें 200 साल पहले जो हुआ, उसे दोबारा दोहराना होगा!" शानवी ने समझाया।

तभी हवेली की दीवारों पर परछाइयाँ हिलने लगीं—

मानो कोई उन्हें देख रहा हो...

अध्याय 17: श्राप का मूल रहस्य उजागर

अतीत की परछाइयाँ – 200 साल पुरानी सच्चाई

हवेली के अंदर जैसे ही दीवारों पर छायाएँ हिलने लगीं, शानवी और उसके दोस्तों को लगा कि वे किसी अनदेखी शक्ति के सामने खड़े हैं।

तभी—

वह खून से सनी किताब अचानक अपने आप पलटने लगी!

पन्नों पर लिखी इबारतें हवा में गूँजने लगीं, और एक नया दृश्य उभर आया—

200 साल पहले की एक रात।

हवेली के भीतर एक अजीब अनुष्ठान हो रहा था।

चमड़े के काले वस्त्र पहने कुछ लोग एक छोटे बच्चे को घेरकर खड़े थे।

"यह क्या हो रहा है?" नेहा ने घबराकर पूछा।

"लगता है कि श्राप यहीं शुरू हुआ था!" रोहित ने अनुमान लगाया।

तभी हवा में एक भयावह चीख गूँजी—

"इस बलिदान से शैतान जागेगा!"

और फिर बच्चे की दर्दनाक चीख हवेली में फैल गई...

अनुष्ठान की भयावह सच्चाई

हवेली की दीवारें काँपने लगीं।

छवि अब और स्पष्ट हो चुकी थी।

श्राप की जड़ उस बच्चे की हत्या थी, जिसे अंधेरे जादू के लिए बलिदान कर दिया गया था।

"इसलिए यह हवेली श्रापित है!" विजय ने कहा।

"इस बच्चे की आत्मा अब भी इस दुनिया में भटक रही है," शानवी ने महसूस किया।

तभी उनके सामने वही आत्मा प्रकट हुई—

एक छोटा, जलता हुआ बच्चा, जिसकी आँखें पूरी तरह काली थीं!

"तुम लोग यहाँ क्यों आए हो?"

आत्मा की आवाज़ गूँजी।

"हम इस श्राप को खत्म करने आए हैं!" शानवी ने साहस जुटाकर कहा।

बच्चा हँसने लगा।

"तुम्हें लगता है कि तुम इसे खत्म कर सकते हो?"

तभी...

श्राप के रक्षक का आगमन

हवेली की छत अचानक गिरने लगी!

दीवारों पर उभरती परछाइयाँ अब जीवित हो गईं।

और उनके बीच से निकला—

श्राप का रक्षक!

एक विशाल, बिना चेहरे वाला काला प्राणी, जिसकी जगह-जगह से हड्डियाँ निकली हुई थीं।

उसके हाथों में आग जल रही थी, और उसकी आँखों से खून बह रहा था।

"तुम इसे खत्म नहीं कर सकते!" वह गरजा।

"हमें करना होगा!" रोहित चिल्लाया।

अब सबके सामने सिर्फ दो रास्ते थे—

या तो वे श्राप को हमेशा के लिए खत्म करें, या खुद इसमें समा जाएँ!

अध्याय 18: अंतिम बलिदान और श्राप का अंत?

श्राप के रक्षक का हमला

हवेली का फर्श कांप रहा था।

श्राप का रक्षक—वह अंधेरे से बना राक्षसी प्राणी—अब पूरी ताकत से उनके सामने खड़ा था।

"तुम सब अब इस हवेली का हिस्सा बनोगे!" उसकी गहरी, डरावनी आवाज़ गूँजी।

अचानक हवेली की दीवारों से काले धुएं की लहरें निकलने लगीं, जो आकाश, शानवी, विजय, नेहा, रोहित और आर्यन को अपनी पकड़ में लेने लगीं।

"हमें कुछ करना होगा, नहीं तो हम हमेशा के लिए फँस जाएंगे!" शानवी ने चीखकर कहा।

आत्माओं की पुकार और बच्चे की चेतावनी

तभी हवेली में कई आत्माएँ प्रकट हुईं।

वे सभी वे लोग थे जो इस श्राप का शिकार हुए थे।

उनकी आँखों में दर्द और यातना थी।

"हमें मुक्त करो!" आत्माएँ एक साथ चिल्लाईं।

"पर कैसे?" आकाश ने पूछा।

तभी वह जलती हुई आत्मा—200 साल पहले मारे गए बच्चे की आत्मा—फिर से प्रकट हुई।

"श्राप को खत्म करने का केवल एक ही तरीका है—उस पाप को मिटाना जिसने इसे जन्म दिया!"

"कैसे?" विजय ने घबराते हुए पूछा।

बच्चे ने एक पुराना, खून से सना खंजर हवा में लहराया।

"किसी को इस हवेली में अपनी आत्मा का बलिदान देना होगा!"

बलिदान का कठिन निर्णय

सब सन्न रह गए।

"क्या... हमें में से किसी को अपनी जान देनी होगी?" रोहित ने डरते हुए पूछा।

"क्या यह श्राप को मिटा देगा?" शानवी ने बच्चे की आत्मा से पूछा।

"हाँ। लेकिन यह बलिदान सच्चे दिल से होना चाहिए। वरना श्राप और शक्तिशाली हो जाएगा," आत्मा ने जवाब दिया।

कमरे में सन्नाटा छा गया।

अप्रत्याशित बलिदान

आर्यन आगे बढ़ा।

"अगर किसी को यह करना है... तो मैं तैयार हूँ।"

"नहीं!" नेहा चिल्लाई।

"हमें कोई और रास्ता निकालना होगा!"

"हमारे पास समय नहीं है," आर्यन ने कहा, "अगर मैं अपनी जान देकर तुम सबकी जान बचा सकता हूँ, तो यह सही होगा।"

"लेकिन..." विजय ने कुछ कहने के लिए मुँह खोला, तभी श्राप का रक्षक दहाड़ते हुए उनकी ओर बढ़ा।

आर्यन ने बिना समय गँवाए खंजर उठाया और अपने सीने में उतार लिया।

खून के पहली बूंद गिरते ही हवेली हिलने लगी।

श्राप का अंत या एक नया रहस्य?

श्राप का रक्षक चीखने लगा, उसकी काली आकृति धुएं में बदलने लगी।

पूरी हवेली कांप रही थी।

"यह खत्म हो रहा है!" शानवी ने कहा।

एक-एक कर सभी आत्माएँ मुक्त होने लगीं।

दीवारों से टपकता खून सूख गया।

सब कुछ शांत हो गया।

लेकिन तभी...

आकाश ने महसूस किया कि हवेली की दीवारों पर एक नया नाम उभर रहा था—

"आर्यन का बलिदान व्यर्थ नहीं जाएगा..."

आकाश और उसके दोस्तों ने एक-दूसरे को देखा।

क्या यह वास्तव में अंत था? या कोई नया श्राप जन्म ले चुका था?

अध्याय 19: नई मुसीबत या सच्ची मुक्ति?

हवेली की शांति में छिपा रहस्य

आर्यन के बलिदान के बाद हवेली में सब कुछ शांत हो गया था।

दीवारों से रिसता खून सूख चुका था।

हवा में अब वह सड़ी-गली गंध नहीं थी, और आत्माएँ मुक्त हो चुकी थीं।

लेकिन...

शानवी, आकाश, विजय, नेहा और रोहित को लग रहा था कि कुछ अभी भी सही नहीं है।

"हमने श्राप तोड़ दिया, है ना?" नेहा ने धीरे से पूछा।

कोई जवाब नहीं आया।

"हमें यहाँ से निकलना चाहिए," आकाश ने कहा।

सब तेजी से हवेली के दरवाजे की ओर बढ़े।

बाहर जाने का रास्ता—या एक नया जाल?

दरवाजा, जो पहले गायब हो गया था, अब अपने स्थान पर था।

सबने राहत की सांस ली।

"हम आखिरकार बाहर जा सकते हैं!" विजय ने कहा।

रोहित ने दरवाजा खोला—

लेकिन बाहर का दृश्य देखकर सबके पैरों तले ज़मीन खिसक गई।

बाहर एक नया संसार

हवेली के बाहर का नज़ारा बिल्कुल बदल चुका था।

कोई सड़क नहीं थी।

कोई जंगल नहीं था।

सिर्फ... अंधकार।

एक गहरी धुंध चारों तरफ फैली हुई थी, जिसमें कुछ अनजान आकृतियाँ हिलती हुई दिख रही थीं।

"यह क्या है?" शानवी ने घबराकर पूछा।

"क्या हमने कुछ गलत कर दिया?" आकाश ने चिंतित स्वर में कहा।

हवा में गूँजती अनजान फुसफुसाहटें

तभी हवेली के अंदर से किसी के चलने की आवाज़ आई।

सब पलटे—

और वे जो उन्होंने देखा, उस पर यकीन नहीं कर पाए।

आर्यन की वापसी—मगर एक अलग रूप में

आर्यन, जिसे उन्होंने मरते देखा था, अब उनके सामने खड़ा था।

लेकिन...

उसकी आँखें पूरी तरह काली हो चुकी थीं।

उसके शरीर से काले धुएँ की लहरें निकल रही थीं।

"तुम... जिंदा हो?" नेहा की आवाज़ काँप रही थी।

आर्यन मुस्कुराया—लेकिन वह मुस्कान डरावनी थी।

"हाँ, मैं जिंदा हूँ। लेकिन अब मैं वही नहीं हूँ जो पहले था..."

तभी हवेली के चारों ओर की धुंध हिलने लगी।

और उसमें से कई परछाइयाँ निकलने लगीं—

नए राक्षस।

"श्राप गया नहीं, उसने सिर्फ रूप बदल लिया है!" शानवी चीख पड़ी।

अध्याय 20: हवेली की नई शैतानी ताकत!

आर्यन की भयावह मुस्कान

"तुम वही नहीं रहे, आर्यन!" आकाश ने कांपती आवाज़ में कहा।

आर्यन की मुस्कान और चौड़ी हो गई।

"मैं वही नहीं हूँ... लेकिन मैं अब कुछ और बन चुका हूँ," उसकी आवाज़ में एक डरावनी गूँज थी।

तभी हवेली की दीवारें फिर से काले धब्बों से भरने लगीं।

फर्श दरकने लगा।

हर तरफ से धुंध बढ़ने लगी और उन परछाइयों का आकार बड़ा होने लगा।

परछाइयों का हमला

अचानक, पहली परछाई रोहित की ओर झपटी!

रोहित ने खुद को बचाने की कोशिश की, लेकिन परछाई ने उसकी गर्दन पकड़ ली और उसे हवा में उठा दिया।

"आ... आकाश! बचाओ!"

आकाश, शानवी, विजय और नेहा ने उसे पकड़ने की कोशिश की, लेकिन रोहित की चीख हवेली की गहराइयों में गूँज गई और वह अंधकार में समा गया।

"नहीं!" शानवी चीखी।

"ये... ये क्या हो रहा है?" नेहा की आँखों में आँसू थे।

आर्यन का खुलासा

"यह तो बस शुरुआत है..." आर्यन ने धीरे से कहा।

"तुमने समझा कि श्राप खत्म हो चुका है, लेकिन यह श्राप केवल एक नई शक्ति में बदल गया है।"

"तो तुम अब कौन हो?" विजय ने हिम्मत जुटाकर पूछा।

"मैं अब हवेली का नया मालिक हूँ," आर्यन ने कहा, "और तुम्हारे भागने की कोई उम्मीद नहीं बची।"

बचने का आखिरी तरीका

"हमें इसे रोकना होगा!" आकाश ने कहा।

शानवी ने काँपते हुए पूछा, "लेकिन कैसे?"

तभी अचानक हवेली की एक दीवार पर एक पुराना शिलालेख चमकने लगा।

उस पर लिखा था:

"जो अपने प्रिय की बलि देगा, वही इस श्राप को तोड़ सकता है।"

"मतलब हमें किसी को फिर से बलिदान देना होगा?" नेहा की आँखें फटी की फटी रह गई।

"अगर हमने ऐसा नहीं किया, तो हम सब इस हवेली में फँस जाएंगे," विजय ने गंभीर स्वर में कहा।

"पर अब बलिदान कौन देगा?" शानवी की आँखों में डर था।

आर्यन से अंतिम टकराव

तभी हवेली की धुंध ने और भयानक रूप ले लिया।

आर्यन की आँखों में अजीब-सा जुनून दिखने लगा।

"अब समय आ गया है," उसने कहा।

और फिर—

अध्याय 21: बलिदान या नई साजिश?

आर्यन की चुनौती

आर्यन अब पूरी तरह शैतानी ताकत से भर चुका था।

उसकी आँखों से गहरी काली धुंध निकल रही थी, और उसके शरीर के चारों ओर छायाएँ लहराने लगी थीं।

"तो क्या तय किया?" उसकी आवाज़ गूँजी।

"तुम में से कौन बलिदान देने के लिए तैयार है?"

नेहा, विजय, शानवी और आकाश ने एक-दूसरे की ओर देखा।

किसी के पास जवाब नहीं था।

"हम किसी को नहीं खो सकते!" आकाश ने गुस्से से कहा।

आर्यन हँस पड़ा।

"तुम्हारे पास ज्यादा समय नहीं है..."

हवेली की आत्माओं की फुसफुसाहटें

तभी, हवेली की दीवारों से धीमी-धीमी फुसफुसाहटें आने लगीं।

"सिर्फ एक बलिदान ही श्राप को मिटा सकता है..."

"अगर कोई बलिदान नहीं देगा, तो हवेली सबको निगल जाएगी..."

"समय खत्म हो रहा है..."

दीवारें काँपने लगीं।

फर्श पर दरारें पड़ने लगीं।

नेहा का फैसला

नेहा ने गहरी सांस ली।

"अगर किसी एक को जाना ही होगा..." उसने धीरे से कहा।

"तो मैं जाऊँगी।"

"नहीं!" विजय ने चिल्लाया।

"हम तुम्हें नहीं खो सकते!" शानवी की आँखें छलछला आईं।

लेकिन नेहा आगे बढ़ चुकी थी।

"अगर मैं अपना जीवन देकर तुम सबको बचा सकती हूँ..."

"तो यह बलिदान देने के लिए तैयार हूँ।"

उसने हवेली के मध्य में कदम रखा, जहाँ ज़मीन की दरारें और बड़ी हो रही थीं।

अंतिम मोड़

लेकिन तभी—

हवेली की दीवारों से एक औरत की चीख निकली।

"रुको!"

सबके पैरों तले ज़मीन खिसक गई।

"ये आवाज़...?" आकाश ने फुसफुसाकर कहा।

"हवेली का असली श्राप कुछ और है..."

अध्याय 22: सच्चाई का खुलासा!

रहस्यमयी आवाज़

"रुको!"

उस डरावनी हवेली में गूँजती एक महिला की चीख ने सबको जड़ कर दिया।

"कौन है वहाँ?" आकाश ने चारों ओर देखा।

"मुझे देखो... मैं वो हूँ जिसे इस हवेली ने सबसे पहले निगल लिया था!"

सबने सामने की दीवार की ओर देखा।

दीवार पर एक आकृति उभर रही थी—एक धुंधली महिला की परछाई, जिसकी आँखें दर्द से भरी थीं।

हवेली का सबसे बड़ा रहस्य

"तुम कौन हो?" शानवी ने घबराकर पूछा।

"मेरा नाम वैष्णवी है..." परछाई ने जवाब दिया।

"सदियों पहले, इस हवेली का मालिक एक निर्दयी राजा था। उसने यहाँ कई निर्दोष लोगों को कैद करके उनकी आत्माओं को श्रापित कर दिया। मैं उनमें से एक थी..."

"लेकिन यह श्राप तभी टूटेगा जब..."

सबने सांस रोक ली।

"जब असली शैतान मारा जाएगा!"

"असली शैतान?" विजय ने पूछा।

परछाई ने आर्यन की ओर इशारा किया।

"वो नहीं... असली शैतान इस हवेली के नीचे सो रहा है!"

तहखाने का रहस्य

दीवारों पर अचानक अजीब-सी लकीरें बनने लगीं।

फर्श हिलने लगा।

"यहाँ से बाहर निकलने का बस एक ही तरीका है," वैष्णवी ने कहा।

"तुम्हें तहखाने में जाकर उस शैतानी आत्मा को नष्ट करना होगा!"

"लेकिन वो आत्मा कौन है?" नेहा ने पूछा।

"हवेली का असली मालिक... जिसने सैकड़ों लोगों को मारकर इस जगह को श्रापित किया।"

मौत का दरवाजा

तभी एक पुराना दरवाजा अचानक प्रकट हुआ।

"ये दरवाजा हमें तहखाने तक ले जाएगा," आकाश ने कहा।

"क्या हम तैयार हैं?"

सबने एक-दूसरे की ओर देखा।

फैसला लेना कठिन था।

लेकिन उनके पास कोई और रास्ता नहीं था।

अध्याय 23: शैतान का जागरण

तहखाने का दरवाजा

आकाश ने दरवाजे की ओर कदम बढ़ाया।

दरवाजे के चारों ओर एक अजीब-सी काली ऊर्जा लहरा रही थी, जैसे कोई इसे छूने से रोक रहा हो।

"क्या तुम लोग तैयार हो?" उसने धीरे से पूछा।

शानवी, विजय, नेहा, और रोहित ने सहमति में सिर हिलाया।

आर्यन अब भी एक जगह खड़ा था, उसकी आँखों में कुछ अजीब-सा था।

"हमें जल्दी करनी होगी," शानवी ने कहा।

आकाश ने दरवाजे को धक्का दिया, और एक तेज़ चीख पूरे तहखाने में गूँज उठी।

गुप्त तहखाने का रहस्य

दरवाजा खुलते ही एक भयानक बदबू चारों ओर फैल गई।

अंदर एक लंबा गलियारा था, जिसकी दीवारों पर अजीब-सी आकृतियाँ बनी हुई थीं।

हर जगह खून के धब्बे और टूटी हुई हड्डियाँ पड़ी थीं।

"यहाँ किसी ने बहुत बुरा अत्याचार किया है," विजय ने फुसफुसाकर कहा।

"यह कोई आम जगह नहीं लगती," नेहा ने डरते हुए कहा।

तभी...

दीवारों से कुछ परछाइयाँ निकलने लगीं।

वे हवा में तैर रही थीं, उनकी आँखों से खून जैसा काला तरल टपक रहा था।

"हम यहाँ से नहीं बच सकते!" रोहित घबराकर चिल्लाया।

"शांत रहो!" आकाश ने उसे पकड़ लिया।

शैतान का जागरण

गुप्त तहखाने के अंत में एक बड़ा काला ताबूत रखा था।

ताबूत के चारों ओर काले मंत्र लिखे हुए थे, जिनसे अजीब-सी रोशनी निकल रही थी।

"यही है... हवेली का असली शैतान," वैष्णवी की आवाज़ गूँजी।

"इस ताबूत को तोड़ने से श्राप टूट सकता है!"

लेकिन जैसे ही आकाश ने ताबूत के करीब जाने की कोशिश की—

पूरी हवेली काँपने लगी!

फर्श में दरारें पड़ गईं!

ताबूत अचानक हिलने लगा!

"वो जाग रहा है!" नेहा ने चिल्लाया।

ताबूत से एक गहरी डरावनी गुर्राहट निकली।

और फिर...

ताबूत का ढक्कन ज़ोर से खुल गया!

हवेली का अंतिम युद्ध

अंदर से एक भयानक आकृति निकली।

लंबा, काला शरीर।

आँखों की जगह सिर्फ गहरे काले गड्ढे।

उसके हाथों में जंजीरें थीं, जिनसे खून टपक रहा था।

"तुम सब मरने के लिए आए हो!" शैतान की गूँजती हुई आवाज़ आई।

"अब कोई नहीं बचेगा!"

वह हवा में उठा और उसने अपनी जंजीरों को ज़मीन पर पटका।

हवेली की दीवारें गिरने लगीं।

सबने भागने की कोशिश की, लेकिन शैतान ने दरवाजे बंद कर दिए।

"हमें इसका सामना करना होगा!" आकाश ने चिल्लाया।

"लेकिन कैसे?" विजय ने पूछा।

"श्रापित आत्माएँ ही इसे रोक सकती हैं!" वैष्णवी की आवाज़ आई।

"तुम्हें मेरा विश्वास करना होगा!"

अध्याय 24: अंतिम बलिदान

आत्माओं का आक्रोश

शैतान की गूँजती हंसी पूरे तहखाने में फैल चुकी थी।

हवा में उसकी जंजीरें लहराने लगीं, जिससे दीवारों में और दरारें पड़ने लगीं।

"तुम सब यहाँ से जिंदा नहीं जा सकते!"

तभी...

चारों ओर से आत्माएँ प्रकट होने लगीं।

वे सभी वही आत्माएँ थीं, जो इस हवेली के श्राप का हिस्सा थीं।

उनकी आँखों में गुस्सा और दर्द था।

"हमने इस शैतान के कारण अपनी जिंदगी खोई थी!"

"अब इसे रोकने का समय आ गया है!"

आकाश ने वैष्णवी की ओर देखा।

"हमें क्या करना होगा?"

वैष्णवी की आवाज़ गंभीर थी—

"इस शैतान को हराने के लिए हमें इसे इसकी ही जंजीरों से बांधना होगा!"

मौत का जाल

नेहा, विजय, शानवी और रोहित चारों ओर खड़े हो गए।

उन्होंने मिलकर एक योजना बनाई—

शैतान को उसकी ही जंजीरों से जकड़ना होगा और उसे दोबारा ताबूत में कैद करना होगा।

"हम इसको रोक सकते हैं!" आकाश ने हिम्मत बांधी।

"लेकिन किसी को बलिदान देना होगा!" वैष्णवी की आवाज़ आई।

"बलिदान?" विजय ने कांपते हुए पूछा।

"हां! इस ताबूत को सील करने के लिए किसी को अपनी आत्मा देनी होगी!"

सबकी आँखें एक-दूसरे की ओर गईं।

कौन देगा बलिदान?

आर्यन अचानक आगे बढ़ा।

"मैं ये बलिदान दूँगा!"

"नहीं!" शानवी चिल्लाई।

"हमें कोई और तरीका निकालना होगा!"

लेकिन आर्यन मुस्कुराया।

"मैं हमेशा से डरपोक था... लेकिन अब मुझे अपने दोस्तों के लिए कुछ करना होगा!"

"अगर मैं इस शैतान के साथ इसे सील कर सका, तो ये श्राप हमेशा के लिए खत्म हो जाएगा!"

"आर्यन..." आकाश ने उसके कंधे पर हाथ रखा।

"तुम यह करने के लिए तैयार हो?"

"हां!"

अंतिम लड़ाई

आर्यन ने हिम्मत जुटाई और शैतान की ओर बढ़ा।

बाकी सबने जंजीरों को पकड़कर शैतान को जकड़ लिया।

शैतान ज़ोर-ज़ोर से चिल्लाने लगा—

"तुम मुझे नहीं रोक सकते!"

लेकिन आत्माओं ने अपनी पूरी शक्ति लगा दी।

ताबूत फिर से खुलने लगा।

"अब समय आ गया है!" वैष्णवी चिल्लाई।

आर्यन ने अपनी पूरी ताकत लगाकर शैतान को धक्का दिया—

शैतान ताबूत में गिर पड़ा!

आकाश और विजय ने ताबूत का ढक्कन बंद कर दिया!

हवेली का अंत

पूरी हवेली हिलने लगी।

दीवारें गिरने लगीं।

"भागो!" रोहित चिल्लाया।

सबने तेजी से बाहर की ओर दौड़ लगाई।

और जैसे ही वे हवेली से बाहर निकले—

पूरी हवेली ज़मीन में समा गई।

"ये खत्म हो गया?" नेहा ने कांपती आवाज़ में पूछा।

आकाश ने चारों ओर देखा।

आर्यन अब उनके साथ नहीं था।

"उसने हमें बचाने के लिए खुद को बलिदान कर दिया," शानवी की आँखों में आँसू थे।

"अब यह श्राप हमेशा के लिए खत्म हो चुका है," वैष्णवी की आत्मा धीरे-धीरे गायब हो रही थी।

नया सवेरा

अगली सुबह, सबने एक-दूसरे की ओर देखा।

वे अब एक नई जिंदगी की ओर बढ़ सकते थे।

लेकिन आर्यन की कुर्बानी को वे कभी नहीं भूल सकते थे।

"वो हमारे दिलों में हमेशा जिंदा रहेगा," आकाश ने कहा।

और इसी के साथ...

श्रापित हवेली का अंत हो गया।

लेकिन क्या सच में?

अध्याय 25: क्या सच में अंत हो गया?

अज्ञात डर

हवेली ज़मीन में समा चुकी थी।

आकाश, शानवी, नेहा, विजय, और रोहित ने राहत की सांस ली।

"हम ज़िंदा हैं!" नेहा खुशी से बोली।

"लेकिन आर्यन..." शानवी की आँखों में आँसू आ गए।

सबने शोक में सिर झुका लिया।

"उसने हमें बचाने के लिए खुद को कुर्बान कर दिया," आकाश ने धीरे से कहा।

पर तभी...

हवा में एक अजीब-सी सरसराहट गूँजी।

"तुम सच में सोचते हो कि ये खत्म हो गया?"

सबने घबराकर इधर-उधर देखा।

अनजान छाया

पेड़ों के बीच एक छाया खड़ी थी।

लंबा कद, काले कपड़े, लाल चमकती आँखें।

"नहीं... यह तो..." विजय के चेहरे से खून उतर गया।

"ये शैतान तो ताबूत में बंद हो गया था!" रोहित चिल्लाया।

पर छाया धीरे-धीरे उनकी ओर बढ़ने लगी।

"तुमने मुझे हराने की सोची थी?"

"लेकिन मैं अमर हूँ..."

आर्यन की वापसी?

तभी...

उस छाया से एक जानी-पहचानी आवाज़ आई—

"दोस्तों..."

सब चौंक गए।

"ये आर्यन की आवाज़ है!"

लेकिन जब छाया करीब आई—

वे सब कांप गए।

एक नई मुसीबत

आर्यन अब वैसा नहीं था।

उसकी आँखें खाली थीं।

चेहरा डरावना था।

"मैं अब वैसा नहीं हूँ जैसा पहले था..."

"मैं अब इस श्राप का हिस्सा बन चुका हूँ..."

आकाश पीछे हटा।

"नहीं, यह सच नहीं हो सकता!"

शानवी की आँखों से आँसू बहने लगे।

"हमें कुछ करना होगा!"

एक नई लड़ाई की तैयारी

अचानक, आसमान काला हो गया।

हवाएं तेज़ हो गईं।

पेड़ हिलने लगे।

"हमें इसे रोकना ही होगा!" आकाश ने कहा।

नेहा ने कांपते हुए पूछा, "लेकिन कैसे?"

"इस बार हमें इसे हमेशा के लिए खत्म करना होगा!"

सबने एक-दूसरे की ओर देखा।

"अब यह लड़ाई खत्म नहीं होगी... यह एक नई शुरुआत है..."

अध्याय 26: असली शैतान का जन्म

श्राप की असली जड़

आकाश, शानवी, विजय, नेहा और रोहित अब आर्यन के सामने खड़े थे, लेकिन वह अब पहले जैसा नहीं था।

उसकी आँखें अंधेरे से भरी हुई थीं, और उसके चारों ओर एक भयानक ऊर्जा लहरा रही थी।

"आर्यन... तुम अब भी हमारे दोस्त हो!" शानवी ने उसे पुकारा।

लेकिन आर्यन की आँखों में कोई पहचान नहीं थी।

उसने धीरे-धीरे अपना हाथ उठाया—

और हवा में एक ज़बरदस्त झटका आया।

"अब मैं तुम्हारा दोस्त नहीं... मैं शाप का उत्तराधिकारी हूँ!"

हवेली की राख से जन्मा राक्षस

हवेली की जली हुई राख से कुछ बनने लगा।

धीरे-धीरे... एक आकृति उभर रही थी।

एक विशाल, भयानक प्राणी, जिसकी आँखें जल रही थीं, और शरीर से काले धुएं उठ रहे थे।

"मैं हूँ असली शैतान..."

आकाश ने घबराकर पीछे देखा।

"हमें इसे रोकना होगा!"

"लेकिन कैसे?" विजय ने घबराकर पूछा।

"यह अब पहले जैसा नहीं रहा... यह कुछ और ही बन चुका है..."

आखिरी युद्ध की तैयारी

आकाश ने अपनी जेब में देखा—

पुराना ताबीज अब भी उसके पास था।

"यह श्राप को रोक सकता है!"

लेकिन तभी शैतान गरजा—

"तुम क्या सोचते हो कि यह ताबीज मुझे रोक सकता है?"

उसने अपने हाथ उठाए, और ज़मीन फटने लगी।

चारों ओर से भूतिया परछाइयाँ निकलने लगीं।

"अब कोई बच नहीं पाएगा..."

बलिदान का समय

शानवी ने आकाश की ओर देखा।

"हमें कुछ करना होगा..."

तभी नेहा को याद आया—

"हमें आत्माओं को मुक्त करना होगा!"

"क्या? कैसे?"

"अगर हवेली की आत्माओं को मुक्त कर दिया जाए, तो श्राप कमजोर हो जाएगा!"

"हमें इसे आज़माना होगा!"

सबने एक-दूसरे की ओर देखा।

"तो चलो, आखिरी लड़ाई के लिए तैयार हो जाओ!"

अध्याय 27: अंधकार का अंत या नई शुरुआत?

आखिरी लड़ाई की शुरुआत

आकाश, शानवी, विजय, नेहा और रोहित अब शैतान के सामने खड़े थे।

आर्यन अब पूरी तरह उसकी गिरफ्त में था।

हवाएं तेज़ हो गईं।

चारों ओर से आत्माओं की चीखें गूँजने लगीं।

"अब कोई बच नहीं पाएगा!" शैतान गरजा।

लेकिन आकाश ने अपनी मुट्ठी भींची।

"हमें इसे खत्म करना ही होगा!"

आत्माओं की मुक्ति

नेहा ने चिल्लाकर कहा, "अगर हम हवेली की आत्माओं को मुक्त कर दें, तो यह श्राप खत्म हो सकता है!"

"कैसे?" विजय ने पूछा।

"हमें आत्माओं से कहना होगा कि वे इस श्राप के खिलाफ खड़ी हों!"

तभी एक आत्मा प्रकट हुई।

"हम तैयार हैं... हमें सिर्फ तुम्हारी मदद चाहिए!"

बलिदान का अंतिम क्षण

शानवी ने आकाश की ओर देखा।

"किसी को बलिदान देना होगा..."

आकाश ने सिर झुका लिया।

"अगर यह बलिदान चाहिए, तो मैं तैयार हूँ!"

लेकिन तभी—

आर्यन की आँखों में एक पल के लिए इंसानियत जागी।

"नहीं... मैं यह श्राप अपने दोस्तों पर नहीं आने दूँगा!"

और उसने खुद को शैतान की ओर फेंक दिया।

श्राप का अंत

एक ज़ोरदार चीख गूँजी।

चारों ओर काली रोशनी फैल गई।

हवेली की राख फिर से ज़मीन में समाने लगी।

शैतान अब धीरे-धीरे कमजोर हो रहा था।

"नहीं... यह नहीं हो सकता!"

पर अब बहुत देर हो चुकी थी।

क्या सच में अंत हो गया?

जब सब कुछ शांत हुआ, तो रोहित ने धीरे से पूछा, "क्या यह सच में खत्म हो गया?"

आकाश ने चारों ओर देखा।

हवेली की जगह अब सिर्फ एक खाली ज़मीन बची थी।

"शायद..."

लेकिन तभी, हवा में एक धीमी फुसफुसाहट गूँजी—

"मैं वापस आऊँगा..."

अध्याय 28: श्रापित हवेली का रहस्य

हवेली नष्ट हो चुकी थी।

आकाश, शानवी, विजय, नेहा और रोहित अभी भी ज़मीन पर बैठे हुए थे, उनकी साँसें तेज़ चल रही थीं।

आर्यन अब नहीं था। उसने अपने दोस्तों को बचाने के लिए खुद को बलिदान कर दिया था।

चारों ओर सिर्फ शांति थी।

"क्या सच में सब खत्म हो गया?" शानवी ने धीरे से पूछा।

आकाश ने चारों ओर देखा—अब वहाँ सिर्फ राख और जलती हुई लकड़ियों का ढेर था।

"शायद... लेकिन हमें यहाँ से जल्दी निकल जाना चाहिए!"

वे सब धीरे-धीरे उठे और जंगल की ओर बढ़ने लगे।

रास्ते में उन्होंने पीछे मुड़कर एक बार फिर देखा।

हवेली अब सिर्फ धुएँ का ढेर थी।

लेकिन तभी...

हवा में एक जानी-पहचानी फुसफुसाहट गूँजी—

"मैं वापस आऊँगा..."

सबने एक-दूसरे की ओर देखा।

क्या यह सच में अंत था?

या फिर कोई नया डर अभी भी उनका इंतज़ार कर रहा था?

श्रापित हवेली का अंतिम अध्याय

जंगल की शांत हवा में एक अजीब-सी ठंडक थी।

आकाश, शानवी, विजय, नेहा और रोहित अब धीरे-धीरे गाँव की ओर लौट रहे थे।

वे सब अंदर से टूट चुके थे।

आर्यन की कुर्बानी ने उन्हें बचा लिया, लेकिन उसके बिना कुछ अधूरा लग रहा था।

जब वे गाँव पहुँचे, तो वहाँ के बुजुर्गों ने उन्हें देखकर राहत की साँस ली।

ग्राम प्रधान ने गहरी आवाज़ में कहा, "तुम लोगों ने वो कर दिखाया, जो सदियों से कोई नहीं कर सका। हवेली का श्राप अब हमेशा के लिए खत्म हो गया है।"

लेकिन आकाश के मन में अब भी कुछ सवाल थे।

"अगर श्राप खत्म हो गया, तो हमें हवेली से वह आखिरी फुसफुसाहट क्यों सुनाई दी?"

गाँव के सबसे बुजुर्ग व्यक्ति ने धीरे से जवाब दिया, "कुछ श्राप मिटते नहीं, सिर्फ गहरी नींद में चले जाते हैं..."

कई साल बाद...

समय बीत चुका था।

आकाश और शानवी अब अपने जीवन में आगे बढ़ चुके थे, लेकिन कभी-कभी रात के अंधेरे में उन्हें हवेली की यादें डरावने सपनों की तरह घेर लेती थीं।

एक दिन, एक स्थानीय अखबार में एक छोटी-सी खबर छपी—

"पुराने जंगल में एक अज्ञात व्यक्ति की लाश मिली। उसके शरीर पर अजीबोगरीब निशान थे, जैसे किसी ने उसे ज़ंजीरों से बांधकर यातना दी हो। स्थानीय लोगों का मानना है कि यह श्रापित हवेली की आत्माओं का काम हो सकता है..."

आकाश ने वह खबर पढ़ी और एक ठंडी साँस भरी।

"क्या सच में सब खत्म हो गया था?"

या फिर...

शापित विला सिर्फ इंतज़ार कर रही थी... नए शिकारों का?

(निश्चित अंत, पर रहस्य कायम...)

निष्कर्ष –

"शापित विला" केवल एक डरावनी कहानी नहीं है, बल्कि यह एक ऐसी यात्रा है जो हमें भय, रहस्य, और मानव स्वभाव की जिज्ञासा के गहरे पहलुओं से परिचित कराती है। यह कहानी केवल एक भूतिया हवेली की नहीं, बल्कि उन छिपे हुए डर, अपराधबोध और पापों की भी है जो समय के साथ मिटते नहीं, बल्कि और गहरे धंसते जाते हैं।

भय और जिज्ञासा की लड़ाई

आकाश, शानवी, विजय, नेहा, रोहित और आर्यन केवल एक रोमांचक सफर की तलाश में थे, लेकिन उन्होंने जो अनुभव किया, वह उनकी कल्पनाओं से परे था। उन्होंने देखा कि किस तरह इतिहास की परछाइयाँ वर्तमान में भी अपना असर छोड़ती हैं। उन्होंने जाना कि कभी-कभी अतीत को खोदने का प्रयास करने से ऐसी सच्चाइयाँ सामने आ सकती हैं, जिनका सामना करना इंसान के बस में नहीं होता।

क्या यह वास्तव में अंत है?

हवेली जल चुकी थी, श्राप मिट चुका था... या शायद ऐसा लगा। लेकिन क्या वास्तव में यह सब खत्म हो गया? या फिर यह केवल एक भ्रम था? जो भी हुआ, उसने यह स्पष्ट कर दिया कि कुछ रहस्य कभी उजागर नहीं किए जाने चाहिए।

कहानी का अंत एक गहरे प्रश्न के साथ होता है—क्या यह श्राप वास्तव में समाप्त हुआ, या फिर यह केवल एक नए अध्याय की शुरुआत थी? क्या हवेली की राख से कोई नई शक्ति जन्म लेगी? क्या इस भयावह रात की छाया फिर कभी किसी पर पड़ेगी?

सीख और संदेश

"शापित विला" केवल एक डरावनी दास्तान नहीं, बल्कि यह हमें एक महत्वपूर्ण सीख भी देती है—हर रहस्य को उजागर करना जरूरी नहीं होता। कभी-कभी, हमारे सवालों के जवाब ही हमारी सबसे बड़ी मुसीबत बन सकते हैं। जिज्ञासा इंसान का स्वाभाविक गुण है, लेकिन जब यह सीमा से आगे बढ़ती है, तो विनाश भी ला सकती है।

यह कहानी हमें यह भी सिखाती है कि अतीत के पाप कभी पूरी तरह खत्म नहीं होते। वे एक अदृश्य साये की तरह हमें घेरते रहते हैं, और सही समय आने पर अपनी ताकत का अहसास कराते हैं। जो बीत चुका है, उसे छेड़ने की बजाय, कभी-कभी उसे भुला देना ही बेहतर होता है।

क्या यह सच में अंत है?

हर पाठक के लिए यह कहानी अलग-अलग भावनाएँ छोड़ सकती है—कुछ के लिए यह एक डरावनी दास्तान थी, तो कुछ के लिए यह चेतावनी। लेकिन एक सवाल हमेशा बना रहेगा—क्या यह वाकई अंत था, या फिर हवेली अब भी किसी नए शिकार की प्रतीक्षा कर रही है?

"***कुछ रहस्य, हमेशा रहस्य ही रहने चाहिए...***"

लेखक का संदेश –

प्रिय पाठकों,

जब मैंने "शापित विला" लिखने की शुरुआत की, तब यह केवल एक हॉरर कहानी थी। लेकिन जैसे-जैसे मैं इसमें गहराई से डूबता गया, यह कहानी सिर्फ डर और रहस्य से कहीं अधिक हो गई।

यह मानव स्वभाव, भय, लालच और अज्ञात की जिज्ञासा की कहाजी है। यह उन जगहों की कहानी है, जिनके पीछे इतिहास छिपा है, और उन आत्माओं की भी, जो कभी न्याय नहीं पा सकीं।

हमें हमेशा से अंधेरा, सुनसान हवेलियाँ और अनसुलझे रहस्य डराते आए हैं। लेकिन क्या यह डर सिर्फ हमारे मन का भ्रम है, या इन अंधेरे कोनों में वाकई कुछ छिपा है?

यदि इस कहानी ने आपको रोमांचित किया, आपको झकझोर दिया, और आपको अपनी कल्पना में इस हवेली का अहसास कराया—तो मेरा उद्देश्य पूरा हो गया।

मैं उन सभी पाठकों का हृदय से धन्यवाद करता हूँ जिन्होंने इस सफर में मेरा साथ दिया।

क्या यह कहानी यहीं समाप्त होती है, या इसका रहस्य अभी बाकी है?

शायद कुछ वर्षों बाद, कोई और इस हवेली में कदम रखेगा… और तब यह कहानी फिर से जिंदा हो जाएगी।

आपका,

आकाश कुमार चौधरी

भविष्य की संभावनाएँ –

क्या हवेली सच में खत्म हो गई थी?

आकाश और शानवी अपने शहर लौट चुके थे। उन्होंने यह हादसा किसी से साझा नहीं किया। लेकिन एक रात…

आकाश के फोन पर एक अनजान नंबर से कॉल आई।

"क्या तुम हवेली की सच्चाई जानते हो?"

उसका दिल तेजी से धड़कने लगा।

"कौन हो तुम?" उसने घबराकर पूछा।

जवाब में सिर्फ एक फुसफुसाहट आई—

"श्राप अभी टूटा नहीं है..."

फोन कट गया।

टीवी पर एक खबर चल रही थी—

"एक यूट्यूबर ने जंगल के पास एक पुरानी हवेली की वीडियो रिकॉर्ड की। वीडियो में किसी के चीखने की आवाज़ें सुनी गईं..."

आकाश ने देखा—हवेली फिर से खड़ी थी।

क्या श्राप वास्तव में खत्म हुआ था?

"शापित विला" के पीछे का रहस्य

हर कहानी के पीछे एक इतिहास छिपा होता है।

गाँव के बुजुर्गों के अनुसार, यह हवेली पहले एक राजा की थी, जिसने अपने लोगों पर अत्याचार किए थे। उसकी क्रूरता के कारण, एक तांत्रिक ने इसे श्राप दे दिया। कहा जाता है कि हवेली के अंदर जो भी जाता है, वह उसी राजा की क्रूरता का शिकार बन जाता है।

क्या यह श्राप कभी टूटेगा? या फिर नए लोग इसकी गिरफ्त में आते रहेंगे?

पात्रों की भविष्य की ज़िंदगी

1. **आकाश** – वह इस हादसे के बाद सामान्य जीवन में लौटने की कोशिश करता रहा, लेकिन हर रात उसे वही हवेली सपने में दिखती थी।

2. **शानवी** – उसने खुद को काम में व्यस्त कर लिया, लेकिन अब भी उसकी आँखों में एक अजीब सा डर रहता था।

3. **विजय** – वह इस हादसे को भूलने की कोशिश करता रहा, लेकिन कुछ ही समय बाद वह अचानक लापता हो गया।

4. **नेहा** – उसने अपना मानसिक संतुलन खो दिया। उसने एक बार चिल्लाते हुए कहा—"वे आ रहे हैं!" और फिर हमेशा के लिए पागलखाने में बंद हो गई।

5. **रोहित** – उसने दुनिया से खुद को पूरी तरह दूर कर लिया। लोग कहते हैं कि वह रात में हवेली के पास भटकते देखा जाता है।

पाठकों के लिए एक सवाल

"अगर आपको इस हवेली में एक रात बिताने के लिए कहा जाए, तो क्या आप तैयार होंगे?"

आप क्या सोचते हैं?

क्या हवेली सच में श्रापित थी, या यह सिर्फ एक मानसिक भ्रम था?

अगर आप इस स्थिति में होते, तो क्या करते?

क्या आपको लगता है कि हवेली का श्राप अभी खत्म हुआ, या यह किसी नए शिकार की तलाश में है?

अपने विचार हमें बताएं!

शुक्रिया संदेश

मैं दिल से उन सभी पाठकों का धन्यवाद करता हूँ जिन्होंने "शापित विला" को पढ़ा और इसे महसूस किया।

यह कहानी केवल एक हॉरर फिक्शन नहीं, बल्कि डर, रहस्य और इंसानी जिज्ञासा का एक अनुभव थी।

अगर आपको यह किताब पसंद आई हो, तो इसे अपने दोस्तों के साथ साझा करें, अपने अनुभव हमें बताएं, और इस रहस्य से जुड़ी अपनी कल्पनाएँ भी हमारे साथ साझा करें।

क्या भविष्य में "शापित विला" की कहानी का कोई दूसरा भाग आएगा?
क्या कोई और इस हवेली के रहस्य को उजागर करेगा?

शायद... लेकिन अभी के लिए, यह श्रापित हवेली एक बार फिर गहरे अंधकार में समा गई है...

धन्यवाद!

आकाश कुमार चौधरी

www.ingramcontent.com/pod-product-compliance
Lightning Source LLC
LaVergne TN
LVHW060257051026
849517LV00003B/832
* 9 7 9 8 2 3 0 7 9 0 7 3 0 *